柴室小品 (丙集)

盧前/著

盧冀野小傳

盧冀野，名盧前，原名盧正紳，冀野是字，自號小疏，別署飲虹簃主、飲虹園丁、冀翁、雲師等。

一九〇五年三月二日，他出生於南京一書香世家，少年時代熱愛文學。一九二三年，曾加入柳亞子先生發起的新南社。一九二五年正式就讀東南大學，老師有吳梅、王瀣等當時著名學者；一九二七年東大畢業後，在多所大學和中學任教，如當時的金陵大學、河南大學、成都大學、光華大學、暨南大學、立達學園、南京鍾英中學等。一九三七年抗日戰事爆發，他流亡至武漢、江津和重慶。除一九四二年曾短期在福建永安擔任過國立音樂專科學校校長外，一直在當時的四川大學、女子師範大學、中央大學、復旦大學等校任教；同時在國立編譯館與禮樂館任編纂，並任《民族詩壇》主編，大力倡導民族詩歌的創作，積極歌頌抗日救亡；一九三八年至一九四七年他曾擔任過四屆當時國民政府參政員；一九四五年抗戰結束回到南京後，除了仍在大學教書外，一九四六年起主編《中央日報‧泱泱副刊》；一九四七年起還任南京通志館館長，南京文獻委員會主任委員，主持徵集、編印了《南京文獻》二十六冊；一九四九年初，為避戰火，全家移居上海，一九四九年五月末，全家返回南京。此後這一時期，他雖賦閒在家，仍筆耕不綴，常為當時一些報紙寫稿，直至一九五一年四月十七日，因病逝世。去世後，主要藏書，都捐給了東北師範大學圖書館。

盧冀野主要的文學作品：早年有新詩集《春雨》、《綠簾》，小說集《三弦》問世；舊體詩有《盧冀野詩抄》；詞集《中興鼓吹》；散曲集有《飲虹樂府九卷》；劇曲有《飲虹五種》、《女惆悵纍三種》、《楚鳳烈傳奇》；譯作有《五葉書》、《沙恭達羅》兩種；報導文學有《丁乙間四記》與《新疆見聞》；此外，一生還寫有大量的散文、小品文、章回小說等等。

　　其主要學術著作有：《中國戲劇概論》、《明清戲曲史》、《論曲絕句》、《讀曲小識》、《詞曲研究》、《散曲史》等；其他還有《何謂文學》、《近代中國文學講話》、《八股文小史》及《酒邊集》等等。

　　盧冀野一生還熱衷於保存、傳播中國古代文化典籍。他搜集、整理、彙校並刊刻了大量的中國元明清三代的曲籍，經其整理出版的就有數百種之多，其中最為著名的就是《飲虹簃叢書》、《飲虹簃所刻曲》。

　　盧冀野是民國時期中國頗具影響的教授、學者、詩人、藏書家和南京地方史志專家。

盧冀野與他的《柴室小品》

　　現在結集出版的《柴室小品》一書（現分為甲、乙、丙、丁、四集），是盧冀野先生為上海《大報》、《亦報》所寫的小文章的彙集。其中相當一部份文章，原是在《大報》上的一個「柴室小品」的專欄中發表的，故現以「柴室小品」名之。

　　一九四九年以後，盧冀野不得不離開在大學裏長期擔任的教職。算為著家庭生計，或許也為著精神上的一種失落，便開始了「煮字療饑」。他先後或同時為若干報紙寫稿。從一九四九年下半年始，他為南京的《新民報》寫了「金陵風物」和「續冶城話舊」等系列文章；又為上海《大報》、《亦報》等陸續寫了相當數量的小品；他甚至重操舊業，將年輕時決心放棄掉的寫作方式—小說，重新撿拾起來，寫起了章回小說。約略算起來，自四九年八月算起，至五一年四月去世，他在短短的一年八個月中，共寫了上千篇的小文章，三百五十期左右的章回小說，這裏還不包括此時所寫的若干詩、詞、曲。所以，如果除去北京之行及多次往返上海的時間，他每天得寫二三篇、三四篇才行。寫作之勤，令很多人驚歎。

　　這些小文章和章回小說，當然不是盧冀野先生生涯中的重要著作。但是在這兩份當時在大陸並不顯眼的街頭小報上，他以似乎信手拈來的方式，寫的這些小故實、文人軼事、異域風情、笑話趣語、鄉井時事、生活瑣屑等等，卻

也不是他的敷衍之作。盧冀野對辦報並不陌生，他曾長期主編《中央日報》的「泱泱」副刊，還在大學講過新聞課程。所以細心的讀者可以注意到，他的這些小文章的選題、內容變換、文章節奏，甚至遣詞造句等，是花費了心力並以期適合當時最廣讀者群的口味的。總之，在這「失意」的這兩年中，他以往勤奮寫作的習慣並未改變，只是變換了寫作的領域。我的二姐夫何玉書先生曾告訴我，他還清楚記得，《大報》總編輯陳蝶衣先生為約稿事，曾來南京大板巷舊宅，拜訪過我的父親；我自己也依稀記得，有一次李清悚先生與一位我不認識的畫家，在書房裏與我父親一起對章回小說的插圖反覆推敲時的情景（李先生是父親摯友，年輕時就擅於繪畫，為我父親少年時的新詩集《春雨》做過插圖）。再就是，直到去世前，他因病重被送往醫院時，還為自己無法按期向這兩份報紙供稿而十分不安。所以說，他對當時的約稿與寫作，依然是非常認真的。

現在看這些文章，除了期望讀者從中感受閱讀的趣味、增加一點知識外，也可以將其視作盧冀野先生的一本不完整的「回憶錄」，或一本殘缺的「日記」；此時他的身體已很不好，也可看作他對自己寫作生涯的小結與身後的交代。有些小文章，也可視作為那一時期大陸社會生活的一種紀錄，等等。但是，顯然其中大部份都流露有作者對中國傳統文化的一種眷戀的感情。

至於《大報》、《亦報》這兩份報紙，它們都是一九四九年七月在上海創辦的小報。但為報紙撰供稿的人，

卻有不少著名的報人與文人：張慧劍、張恨水、汪東、周作人、張愛玲、潘勤孟等等。不過在發行了大約僅僅二年半以後，《大報》就被併入了《亦報》；又過了半年左右，也就是一九五二年十一月的樣子，《亦報》又併入了《新民報》。自此時起，在幾十年中，大陸便不再有任何民營報紙了，大陸的報業進入了一個完全不同的時期。所以說《柴室小品》是成於大陸的一個相對寬鬆，又有點特殊的、短暫的時間。

我父親是一九五一年四月去世的。現在知道，兩報相繼被合併不久，陳蝶衣先生和張愛玲女士，也相繼離開了大陸。因此我不禁想到一個問題，他們三個人，在當時算是以完全不同的方式，先後徹底離開了大陸的「文壇」和「報壇」，此為幸抑或不幸歟？

為便於讀者瞭解《柴室小品》一書的寫作時代與背景，特簡單說明如上。

盧�
二〇一一年春節於南京

目　次

梁任公另一腳本

丁艸先生曾作〈梁啟超的劇作〉一文，刊上月三十日本報，因此使我想起梁任公的另一腳本。有一年我在福建永安，接得老友屬小通兄的信，寫給我一本《班定遠平西域》，署名「曼殊室主人」，他以為是蘇曼殊作的，因為從中頗能尋出一些作者是廣東人的線索來，後來我帶到重慶，經過好幾位朋友的考證，才知道是任公先生所作，寫作時間是在光緒三十年左右，他正在日本，因為留學生要演戲，於是他就寫了這腳本。雖然在重慶時給教育書店翻印過，現在我手邊卻一本都沒有，不過約略記得腳本中匈奴兵說的許多日本話、英文，比同樣題材的《投筆記》傳奇差得遠了。說它的題材，跟京戲很接近，也許說它是粵劇更妥當，說白夾雜著不少的廣東話，也許當日演出者是留日的廣東學生。寫劇這原不是任公先生所長。丁艸先生不滿於《劫灰夢》、《新羅馬》、《俠情記》，這三種傳奇最大的缺點是不合曲律，好在他自已說過治曲是專家的事，自清代乾嘉以來，有幾部傳奇是合律的呢？這《平西域》的腳本也不算是當家所作，他是治史學的，所以在戲中常常會賣弄他史學底知識。好在班家一滿門都是史學者，倒也沒有什麼不合適。

（50-11-05）

遼后妝台

在北京的北海公園裏，遼懿德皇后的妝台，相傳即在
瓊華島附近。至於這懿德后蕭觀音的身世，也是後世一些舊
文人愛提起的話題。好像王仲瞿還編寫過一部傳奇，沒有流
傳下來，不知道當時究竟刊印不曾？現在所看到的有盧冀
野的《賜帛》南劇一齣。遼代文獻，保存至今的不多，王鼎
的《焚椒錄》比較是熟悉一點的著作，其中就以十香詞案的
記載為主。據說陷害她的是耶律乙辛，捏造了十香詞，教
宮婢單登去請求懿德后寫成屏幅，說原詞為宋太后（遼語
忒里蹇）之作。懿德后書就，又加上一首絕句：「宮中只數
趙家妝，敗雨殘雲誤漢王。惟有知情一片月，曾窺飛燕入昭
陽。」耶律乙辛指出詩中嵌有伶人趙唯一名字，便斷定她與
趙有苟且，結果遼主耶律洪基即興宗立時賜她死。這種用貞
操問題來誣衊一個婦女，當然不自那時開始，然而如此才最
足以動人耳目，這種卑劣的計謀也已構成一個公式的了。她死
時只有三十六歲。我遊北海多次，每次去遊逛常會想到她的。

雲師（50-11-05）

20

也談婚書

久無當證婚人的機會了。新近又接連著被人家邀去證婚兩三次，依舊讀婚書，蓋章，致詞那一套。我很覺得厭煩，尤其對於婚書要提出抗議，恰巧看到勤孟兄的新婚書的設計，我也想提供一點意見。第一，我想根本取消婚書，因為這婚書並無保證婚姻的價值，若說「恐後無憑，留此存照」的話，我看無取乎此。若說將它當作紀念品，可紀念之品亦多矣，又何必乎此！第二，就婚書說婚書，最引起我不好印象的，是那一段濫調四六。我在唸的時候，唸到請「某某先生證婚」為止，以下照例簡略，因為唸起來別人既聽不懂，唸的人也覺得乏味，兩個當事人更是莫名其妙。尤其感困難的是那下面結婚人、證婚人、介紹人、主婚人的名字下要蓋章，壓根兒就蓋不下，天下不會有這些小印，可以蓋上七八個還不覺得擠的。結果你擠我，我擠你；或者你蓋在我的印上，我蓋在你的印上；或者上上下下的非常難看。不如各人簽個名還好一些。我們的習慣信仰那刻的印，而不相信自己的簽名，這真是最不可解的事。

（50-11-06）

書的裝訂

　　談起毛邊書，不免分贊成和反對兩種意見。我與勤孟先生的看法差不多。再從縱的方面檢討一下書的裝訂。在竹簡時代，所謂冊，所謂篇，看這兩個字都是用繩捆的樣子，等到寫在帛上了，於是有卷、有本。這時談不到裝；有裝是佛經入中國以後，時代該是唐的前後。由梵夾裝、旋風裝，進一步成為蝴蝶裝。說起這蝴蝶裝，跟西書（我們所稱為洋裝的）未嘗不類似，不過西書是用厚紙，兩面都印字的；而宋元時代的書用的紙薄，而且只印一面。蝶裝書粘糊經久不脫，又不像西書非要用鐵線牢牢的釘住。可是由蝴蝶裝為什麼又變作線裝呢？大概因粘糊不大好，翻書時常常看到紙背，所以才逐頁雙折，版心外向，這樣就有什麼黑口本的名稱出來了。在採線裝書這種形式，第一步有所謂「草訂」，是用紙撚子訂起的，那便是毛邊，將書看舊了，不妨再四邊一切，用線訂起。現在所稱「平裝」，即「和裝」，是日本輸入的，在線裝洋裝之間，這四五十年是最普遍的一種形式。平裝書採取毛邊，跟線裝的「草訂」一樣，與其要分兩步手續，我認為一次完成得好。如果有人愛毛邊的，那只可說是他的偏嗜，不必強人來擁護他的主張的。

飲虹（50-11-06）

〈賈老休妻〉

　　明初徙中土六姓以實雲南的時候，帶了不少民間的小曲去；明末，中原一些人士又流亡西南，增添不少資料。一直到今天，在雲南還傳唱當時的小曲，徐嘉瑞先生對於這方面作了很多搜集的工夫。在他所舉例證中，我很愛那一首〈賈老休妻〉。這是寫一個農民進城上糧，看見茶店裏一位美女，他便憎惡起他的老婆來；回家要休妻，大吵大鬧，把鍋盆都砸爛了。全部是五支金紐絲，第一四兩支旦唱，第二支賈老唱，第三五兩支又是兩人對唱的。開始旦唱道：「也是你家，三媒六證去到我的家。爹爹八字發，媽媽聽見把嘴咂。媒人誇大口，說你是個乖娃娃。那時節將高就低把你來嫁，嫁到你的家，什麼人家，腳做犁來手做耙。耙得幾顆乾飯吃，你才出來支盤家。賈老唱：又說你是妙瓜瓜，當初爹討你爹把眼睛瞎。唉，氣壞了咱。你呀你呀，手是烏雞爪，腳是大釘耙，幾根根黃頭髮，挽個黃鬆鬆只有火把果大。人說你是母天蓬才把凡來下，巧丹青難把你的尊容畫。最後是說著說著火焰高，一足蓮爹把盆揎濫。旦於是也就你會揎來我會攢，把鍋攢濫，給你大家散。」這是一幕農村喜劇，但已反映出當日的婚姻制度了。

雲師（50-11-06）

棋手劉棣懷

　　看到街道擺著的棋攤不禁想起了劉棣懷，他的得名，由於指點過國手吳清源。我對圍棋完全是門外漢，有朋友們愛下一盤的，無不領教過他，想起他的名字，沒有不佩服他的棋藝。我曾在重慶會到他幾次，他在圍棋會當指導員，從閒談中知道他少年時因為愛著下棋，把什麼事都拋開，很得父兄的訶責。到了段祺瑞執政時代，他也成了棋客之一。每月可以賺到不少，寄家供菽水，他的老父才開心了，道：「原來棋藝也可以吃飽肚子的！」據說與段對奕時，一上手應該聚精會神，占著上風，後來再鬆弛下來，隨意的弄成旗靡轍亂的局面，最後是一個輸。段祺瑞便不免要問：「何以像你這樣有本領的，後來忽然會亂著？」於是可以說：「因為處境很窘，我想到家裏斷炊，心神有些不安了！」這樣一來，段會送給你幾百塊錢。有許多人便是如此弄錢的，不過劉棣懷是領月薪的，當然不會這樣做，可是下三盤可至少要輸一盤給段，以悅其意。今年棣懷應該也近六十歲了！早幾年住在釣魚臺，我們在南京還碰到過，現在不知那裏去了？

（50-11-07）

談賈鳧西

　　我曾根據長沙葉氏刻本，沔陽盧氏刻本和另一抄本，三種《木皮散人鼓詞》寫了一份校記，存在馬彥祥處，至今還沒有機會發表。看本月二日本報，丁艸君說到蘇崑生：「沒有一定考據，有人認為蘇是以木皮散客賈鳧西為模特兒的。」這說話是錯誤的。蘇崑生之確有其人是無問題的；翻一翻晚明人的詩文集，對蘇崑生的投贈極多，當時稱之為蘇生，與柳敬亭這柳生同是清客。大概蘇柳在南方，跟丁耀亢（野鶴）、賈鳧西這一流人在山東情形略同。我曾想到過「石破天驚」，那裏面就有不少短篇的鼓詞。賈氏的木皮散人鼓詞和歸玄恭擊築餘音一樣，在宋末元後刊行，頗風靡一時。丁艸君舉的那「哀江南曲」是鼓詞的附錄，跟桃花扇「餘韻」兩詞相同，原作者是徐旭旦，題名「蕉院有感」，我曾校刊過一道，載入《京滬週刊》中。既非孔東塘所作，更不是賈鳧西作；至於用蘇崑生來唱這套數，不過，東塘如此安排，絕不可因此作了崑生影射鳧西之證。徐氏集名《世德堂集》，內有樂府二卷。他與東塘也是熟人。舊日傳奇插一些別的東西，例子很多。《桃花扇》全部南曲，插一套此曲，如洪昉思《長生殿》之有「彈詞」改換聽者的耳音，這辦法是頗有可取的。至於附在鼓詞後面，跟原鼓詞是沒有什麼關聯的。

飲虹（50-11-07）

萬松老人塔

　　在北京西單西四之間，有一座萬松老人塔，正是磚塔胡同口。這萬松老人究竟是誰呢？據《順天府志》載，老人即行秀禪師，元相耶律楚材師事過他，萬松面授衣鉢，目之為湛然居士。在明代萬曆年間僧人樂庵修過一次，清代乾隆十六年又修過一次，民國十六年六月是最後一次的修繕。說起這塔的建立，到今天已是六百多年了。北京的古建築，當然還要數唐建的法源寺，隋建的天寧寺塔，數不到它。不過元代的建築，也只有北海的瓊華島和此萬松老人塔。又相傳老人的遺著從容錄尚行於世，說他在金元之交為北方尊宿；想來老人自必為禪門碩望，可惜我不曾讀過那從容錄，不敢妄議。起初這門口有一家橋洪羊肉店，在佛前宰殺，也是大煞風景的事。後來經過萬松精舍的收買，才使羊肉店搬了場。現在乘環行路電車來來往往，過缸瓦市時定看到此塔巍然道旁的。

雲師（50-11-07）

26

白玉霜的一份《武則天》

在恩派亞戲院看白玉霜主演的《武則天》，這是好多年前的事了。那時評劇正在演的熱鬧；我特在一個下午去看這齣戲，在前我看過《馬寡婦開店》，現今有改稱為《狄仁傑趕考》的。白玉霜演那馬寡婦，可稱為「酣暢淋漓」，像一把火似的熱。我很詫異，她怎樣能演武則天，因為武則天之於馬寡婦，性格並不一致，我是為了這個原因去看的。那天所留給我的印象，到今天並未消滅。以我揣測，武則天的品性該與西太后差不多的。她仍然有溫柔的外貌，因為她生在嘉陵江的上流，還是個南方婦女的樣子，而白玉霜扮的是一個北方村姑出身的女人了。她該是有決斷，而詞鋒非常犀利的，白玉霜在這方面也表現得不夠。我只認為她是一個頭戴冕旒的馬寡婦而已。原劇不知何人所編？情節平鋪的下去，沒有中心，也沒有高潮。比讀《鏡花緣》中所反映的武則天還要朦朧。我很替白玉霜惋惜。若使她在今天演出，成績一定大有進步。由於越劇長足進步，我相信評劇應該也有前途的，但它也不宜演像武則天這種大戲，而以武則天為題材的戲，無論在任何形式之下，都應該有精彩的腳本，可惜到今天還沒有。我對這一位金輪皇帝始終有相當的好意，認為她的才能過於西太后，她任用狄仁傑那樣推心置腹，西太后是辦不到的。

(50-11-08)

27

《槎上老舌》

　　陳衎所著《槎上老舌》，是「硯雲乙編」之一。從他談林鴻稱「國朝」看來，該是明代人。他是閩籍，起初我還疑心和陳衍是弟兄哩。全書多半是小文章，雖然考據居多，但只幾十字，頗可誦，如大率條云：「凡大都大約大率皆數學中語，率音類，然率更之率則音律，將率之率則音帥。」塑法通於作文條云：「塑像之法，鼻不厭其大，而後可減也；目不厭其小，而後可增也；文字立格，如斯而已矣。」返璧條云：「返璧乃晉公子僖，負羈事今多認作藺相如，非也。」短短的沒有幾句話，很乾脆可誦。至於地名誤讀跟古人名，皆是日常大家會弄錯的：殺郟，音對許，縣名；曲逆音去遇，地名；朱提音殊時，縣名；攜李音醉裏，地名；罕开，音罕堅，地名；康居，音康染，國名。至於人名如酈食其，讀作曆異饑；金日磾，讀作金密低；伍員的員，讀作雲。亢倉，讀作庚桑，母邱儉，母作貫等。他列舉的很多，原來這老兒「以教子孫的，實際倒很適用的。」說到呂洞賓嘗自稱回道人，他說：「原來唐代神仙是不識字的，呂字非兩口，回字亦非兩口也。」

　　原書分量很少，在筆記一類的書中，它是很可愛的。所謂「槎上」，他是得古木一根，形如槎，踞其上，與客說，這便是「槎上」的由來。又為了所談的話，「筆焉以教孫」，因此他自稱「老舌」了。

飲虹（50-11-08）

粵劇的改進

　　偶然翻閱《葉遐庵先生年譜》，在遐翁五十九歲，即一九三九年，他居住香港時，曾建議改進粵劇。我對於粵劇，也是在那一年，路過桂林看過一次。正是以薛覺先為首的劇團出演在桂林，老友唐君邀我去看的。是一齣什麼戲？戲名忘了，給我第一個的印象，是中西樂器合奏，梵啞鈴跟琵琶三弦很調和的在一起響；其次歌的部分，我只覺得不如粵謳的美聽。薛覺先一個大個子，在一個比他矮得多、年紀輕得多的女人膝上裝做小孩子，這頗使我看得不順眼。尤其是服飾大有集古今中外於一台的樣子，春夏秋冬同時服著，我不知道這是什麼緣故？遐庵的改進意見，一是對粵劇真價值，要儘量檢討，一是主張吸收外國歌劇的優點，還有提高演員和腳本，所建議都極中肯。我想粵劇也許因為的區域的關係，受外來的影響較其他地方劇為多；而有些不合理的事實存在，也正因為吸收時未加審慎考慮。它的改進在現今尤其是特別需要的。

雲師（50-11-08）

開篇叢話

開篇是彈詞的一部分，葉聖陶說過，彈詞之有開篇，是宋人說書的遺制，他是看開篇的地位跟楔子差不多的。有人還用廣東的木魚書來比彈詞的本身。元瞿存齋的詩：「陌頭盲女無窮恨，能撥琵琶說趙家。」這似是彈詞的起源。劉後村的「斜陽古柳趙家莊，負鼓盲翁正作場。」也可以說是鼓詞的起源。妙在一個盲女，一個盲翁，彈詞、鼓詞乃同出於盲詞。阿英說，開篇不過零星短章，可稱為彈詞小品。以我看來，彈詞如戲曲，開篇如散曲，這比方似乎更確切些。阿英指出它的特色有三：一曰「明快」，二曰「周到」，三曰「藝術手法」。光緒十二年刊的《馬如飛開篇二卷》，當時叫做馬調，如他唱的〈陶淵明〉道：「枝頭好鳥為知己，水面閒鷗作至交。高臥北窗無個事，醒來獨坐聽離騷。」在近日的彈詞作家看來，不免嫌他太文了，實則字字顯露，句句清楚，只要看得懂聽得清，未嘗不是好文章唎。

雲師（50-11-09）

病榻雜記

　　由於氣候驟寒，我又病倒了。說病沒有什麼了不得，始而牙痛，繼而咳嗽，終於犯了老毛病痰中帶上血。兒子逼著我睡下，將糯米那兒，還有瀉劑，跟維他命K給我服。一晝夜二十四小時，我倒睡了十七八小時；實在乏味，又沒有什麼痛苦，老是這樣睡幹甚！翻翻書，翻到第二天；忍不住又拈起筆管來了。而可笑的，就是我所吐的，一口白痰，一口黃痰，又一口口的紅痰，我拿它當做水晶、琥珀、珊瑚。我真個是「咳唾珠璣」了。睡的結果，當然珊瑚減少，水晶增加了。能使水晶再減少，我也可霍然了。水果價格太貴，每天吃三隻梨就要值萬金。為著病止酒止了快三年，現在連煙捲也在排斥之列，不免生趣索然。辣椒也是我所愛吃的，但目前是早經禁止，越是淡而無味的越相宜，實在有點受不了！至於朋友來談天，老妻在旁說，「少說點話罷」，這無異乎下逐客之令，這幾天朋友來的都少了。我這病說來並沒有什麼，但是家人過分的招呼我，造成了嚴重的環境，我倒怕真個嚴重起來。所以我願意少睡一點，多給我起來坐坐也就好了。

（50-11-10）

真假葉適

　　《西遊記》中有真假二孫悟空，《七俠五義》有真假二包拯，還有《水滸》裏也有真假二李逵。我要再說真假二葉適的故事。這一天，葉適在韓侂胄處坐著，韓這時是宰相，他招致葉適很久了。葉適已來，忽然門人又有一人投刺，上書「水心葉適求見」。韓奇怪得極，一邊招呼這個葉適，另一面邀那另一個葉適進來，請在另一個客室內坐。跟他談起許多進卷中語，他說：「這是某的少作，後來都改了。」自家唸的改文，也都很好。拿出一幅楊妃圖請題，他提筆就寫：「開元天寶間有如此妹，當時丹青，不及麒麟凌煙而及此，吁！世道判矣！」又老實不客氣的寫上「水心葉適跋」，又給題了米元章的帖，辭簡意足，大家對他都佩服。韓於是大笑，低聲告訴他：「這兒正有一位葉水心，難道還有兩個不成？」這人也大笑，道：「你只知道葉適，我只好冒充葉適來看你。不說是葉適，你還肯見我麼？不過，葉水心之外也還有人才啊。」這人是姓陳名讞，福建建寧人，事見元白珽的《湛淵靜語》，在那些真假二什麼中，這也是一個特例。陳讞藉此做敲門磚，做了韓侂胄的座上客。所幸真葉適當時沒有和他辦什麼「冒牌」交涉，給他一個當場出彩，不然，兩下一定弄得不好看的。

飲虹（50-11-10）

黃橋燒餅

　　北方的鍋魁跟我們叫燒餅的並不一樣，鍋魁是相當於我們所叫的大餅。江南的燒餅名色甚多，有什麼蟹殼黃、草鞋底、朝笏板，大都像長圓大小之形。內加油酥面，外有密匝匝的芝麻，主要的還有餡子，通常是蔥和豬油，或豆沙，或玫瑰糖。到了泰州黃橋鎮的燒餅，竟有蝦仁、肉糜、名種蔬菜的餅餡，於是燒餅的內容更複雜，而黃橋燒餅的號召，乃普及於江南，如南京從前以燒餅著名的三泉樓，也瞠乎其後了。燒餅本是大眾的食品，這樣一來越過也越貴重起來，和大眾距離得很遠。有些燒餅攤卻簡化它，做一種所謂夯餅，就是粗燒餅，用來供應大眾，更有擴大餅的面積，跟北方的鍋魁相似。黃橋燒餅的欣賞者究竟範圍太小了，敵不過夯餅大餅的銷路。到今天雖仍然有黃橋燒餅在賣，然而吃得起的人也就不多啦。

雲師（50-11-10）

金翠之死（上）

　　《續豔異編》中所敍的劉翠翠和金定的事，是很富有浪漫性的一個愛情故事，可惜它糝雜了一些神話，本來是仿唐人傳奇文寫的，而沾染了明人通常見到的文章底濫調，未免糟塌了。我且用樸素的字句，將這一段情節說明，好給劇作家們參考。它說的是淮安一個民家女姓劉名翠翠，小時在塾中讀書，有同學名金定，跟她同歲，同學們都說她們是兩口兒，因此她們也這樣私下訂好親了。當父母要為她議親時，她坦白說：「我已許了金定。」父母也就允許了。結婚了一年，恰巧張士誠起兵，張部有個李將軍，到了淮安，便掠了翠翠，金定經過許多困難，才得到這消息。這時李將軍駐紮湖州，金定追蹤到了湖州，天天在門外徘徊，被閽者發現了，問他躊躇些什麼？他說：「我有一個妹子，不幸在逃難時失散了！聽得人說，現在她正在貴府，所以我不遠千里的趕了來會她。」閽人問他那妹子的容貌、歲數、籍貫，金定一一回答了，閽人說：「不錯，府中果有一位淮安人，劉姓，大約二十三四歲。她是將軍的愛寵，你的話不錯。我去稟告將軍，他答應了然後才能給你們見面。」於是金定整一整衣服，笑了一笑。

（50-11-11）

34

金翠之死（下）

隔不了一會兒，李將軍在廳上接見了金定，問明白了他，並令翠翠出來相見。作為是兄妹的他們，在將軍面前還有什麼好說的！將軍留他住下。過了一天，又給他充任記室，待他很厚。可是自從那天見翠翠以後，再要相見是不可得了。在他換衣時，縫了一張紙在衣內，給翠翠看；同樣翠翠也賦詩一首縫好衣內交還他。這樣一天天的愁悶，他病倒了。當他病得嚴重時，翠翠要求將軍，和他一見。翠翠的臂剛巧扶起了他，可憐他就死在她左手上了。將軍將他葬在道場山，翠翠送殯回來，也就病倒了。她對將軍說：「我跟你已八年了，舉目無親，只有一兄，現在他又死了，我病必不起，請把我骨埋於兄側，九泉之下，庶乎有托，我就感謝你了。」將軍在她死後也照辦了，一左一右，一東一西的兩丘並存。到漢武年間，士誠滅亡以後，劉家有老僕過湖州道場山，看見金定和翠翠，喚此老人進去，各問父母的安好。後來劉父親自去訪，與金翠聚於夢中。這又是舊小說常有的那老調。這故事藉死後團聚來彌補生前的缺憾，金定始終感謝那李將軍，不敢將翠翠奪還，這又不如王無雙、崑崙奴那樣來得痛快了也！

（50-11-12）

那怕金沙這條江

　　薛汕君編的《中華民族歌謠文學大系》，可惜只印了一本《金沙江上情歌》，也許還有別種，我卻只見了這一種，據說它的收集時間是一九四四年春季，由李燦霖、和晉吉等七人擔任記錄。薛君在這年夏天，攜帶這份材料到達重慶，一直到一九四七年才在上海出版，計共有石鼓、鶴慶、魯甸、麗江、巨魯五處，編號到1107首；同時它採用內容分類：什麼追求、期待、相思、歌頌、痛苦等二十一類，這好比明代人編曲書一樣的，那當然沒有這類別多。現代人具有心理學知識，自然比前人高明的，然而分類是不是給讀者一種方便呢？據我個人想，由於編者的分類，反而限制了讀者的欣賞力。我且取第一部份石鼓和鶴慶的二百六十五首歌謠來說，第一使我注意的，它大部份（幾乎全體）是七言的；第二，它不是兩句便是四句；第三，它的韻是平仄通叶，如第一首：「唱個小曲逗逗你，看你有心沒有心」，第十九首：「一根竹子砍兩半，削成筷子配成雙，只要郎心合妹意，那怕金沙這條江。」這支歌前兩句是興體，末句是多麼熱烈呀。又如第四十六首：「昨夜夢見同妹走，妹手拉著哥的手，無情公雞叫醒了，眼淚汪汪濕枕頭。」走手跟頭就是平仄通叶之證。這是一本好書，可供我們研究的地方還多著咧。

飲虹（50-11-11）

關羽的臉

我記得在川戲中看過一齣《關公步月》，那關羽是個小生扮的，白臉，武生打扮。彷彿在月下聽到女子呼救聲，他便拔刀跳牆，將那迫害婦女的人殺掉，一股熱血噴在他臉上，從此便成了標準的紅臉。因為事隔多年，大致這樣，其餘就記不清了。在川戲外，並沒有看到白臉關公的戲。偶然翻到《關西故事》，原來就是川戲所本，而略有異同。它所記載的：「蒲州解梁。關公本不姓關，少時力最猛，不可檢束，父母怒而閉之後園空室。一夕，啟窗越出，聞牆東有女子啼哭甚悲，有老人相向而哭，怪而排牆詢之，老者訴云，我女已受聘，而本縣舅爺聞女有色，欲娶為妾，我訴之尹，反受叱罵，以此相泣。公聞大怒，仗劍徑往縣署殺尹並其舅而逃。至潼關聞關門圖形，捕之甚急，伏於水旁，掬水洗面，自照其形，顏色變蒼赤，不復認識。挺身至關，關主詰問，隨口指關為姓，後遂不易，東行至涿州。」下面接著敘桃園三結義，跟《三國演義》所說的也不一樣，又不知道它是何所據而云然的？

雲師（50-11-11）

37

描紅字本

在十多年前，孩子們初習字，用描紅字本的風氣還有。最普通的便是「上大人……」那一種。有許多孩子都問老師：這出於何書？是怎樣個講解？幾乎沒有一位老師能回答的。梁章鉅在《歸田瑣記》中說：「《水東日記》載金華宋潛虛學士濂晚年喜寫此，必知所自。《說郛》中亦載之，大抵取筆劃稀少，易於識認耳。」這一種揣測，認為筆劃簡單，可以給兒童容易描些，當然是不錯的，不過它又怎麼講呢？祝枝山《猥談》說：「此孔子上其父書也。『上大人』為一句，『孔』為一句，乃孔子自稱名也；『乙巳化三千七十士爾』為一句，言一身所化士有如此也；『小生八九子佳』為一句，蓋八九乃七十二，言三千人中七十二人更佳也；『作仁可知禮也』為一句，作猶為，仁與禮相為用，七十子善為仁，其於禮可知也。」這裏乙巳他是作一巳講，以我看不過望文生義，明人慣會高頭講章，無非亂扯一氣而已，然而不如此講，它又怎生解釋呢？

雲師（50-11-12）

38

打花鼓

　　蒙古佟賦敏所著的《新舊戲曲之研究》，把打花鼓置在雜劇中，說花鼓戲即吹腔，創於鳳陽。在清雍正時，救濟泗州的水患，注全力在高家堰，因此淮水大患全都集中在鳳陽，而鳳陽的人民流離顛沛的，以唱花鼓維持生活，流轉入城市。同光年間，上海城中張園隙地，便成了花鼓戲場。演時不過三四個人，男的擊鑼，女的打雙頭鼓。也有用胡琴鼓板的，所歌的大抵靡靡之詞，於是皮黃戲中，也剽竊了它，產生這一齣《打花鼓》。按鳳陽本是臨濠府，洪武七年，遷府城在鍾離魯城之間，鳳陽山之陽，更名鳳陽府，首縣亦名鳳陽縣，據前說花鼓之所以產生在那兒，是由於水災為患，人畜漂流，逃出的難民們就只得「身背著花鼓走四方」了。可是乾隆時趙翼的《陔餘叢考》之說不同，他道：「江蘇諸郡，每歲冬必有鳳陽人來，老幼男婦，成行逐隊，散入村落乞食，至明春二三月始回。其唱詞則曰，家住廬州並鳳陽，鳳陽原是好地方。自從出了朱皇帝，十年倒有九年荒。」因為饑荒他們才出來覓食的。《蚓庵瑣語》說：「明太祖時徙蘇松杭嘉湖富戶十四萬戶以實鳳陽，逃歸者有禁，是以托丐潛回省墓探親，習以為俗，至今不改。」這又是移民的另一種說法了。

（50-11-13）

鄭成功的詩

讀陳方先生在本報記鄭成功的文章，因想起鄭氏的遺集來，這是他未提到的。在振鐸經手影印的「玄覽堂叢書」中，有一本《延平二王遺集》，就是成功與子經兩人的作品。這一本抄本是幾經危險才存留下來的，據跋：「七月七日，賀表侄抱孫喜，忽見新得舊冊中有斯一卷。循讀再三，狂喜之極。向之假歸，靳弗與。乃宿齋中，侄寢後，急抄一通，將書置原處而歸。昔求一首不可得，今嗣王詩亦在焉，尤為稀有，快何如之，雖只十餘紙，足為稀世珍。時遇忌諱，文字獄繁興，越半月，表侄忽來饒舌，謂余抄此書以害之。余辨無有，則堅稱書僅目擊，原本已付祝融，索此冊去，同付焚如，拒之不能，已邀親友共保無事，始恨恨而去。」這跋不知何人所作，但我們似乎可以推想出來的。

在這個集子中，收錄鄭成功的古今體詩共八首，署名大木。他原名森材，因來南國子監，拜錢牧齋門，大木兩字是錢牧齋替他起的。〈西山何其峻〉、〈閒來涉林趣〉、〈孟夏草木長〉三首都是在虞山作。如出師討滿夷自瓜州至金陵的「縞素臨江誓滅胡，雄師十萬氣吞吳。試看天塹投鞭渡，不信中原不姓朱。」又得永曆帝璽耗的「聞道吾皇賦式微，哀哀二子首陽薇。頻年海島無消息，四顧蒼茫淚自揮。」「天以堅危付吾儕，一心一德賦同仇。最憐忠孝兩難盡，每憶庭闈涕泗流。」這種絕詩倒很可以看出他的性情來的！

飲虹（50-11-13）

不正確的數字

　　數字的運用應該求其正確；然而我們中國人在語言中常提起的一些數字，就談不到正確。汪容甫《述學》中有釋三九三篇，就說的那一套。例如說三生，就有了前生、今生、來生的說法；同樣說九天，就捏一些天的名稱。又如李白的詩：「白髮三千丈」，還有「輕舟已過萬重山」，這兒的千啊萬啊，自然不會是真的千萬。至如日常生活中，這種不正確的數字用得甚多，什麼「三心二意」只表示意志動搖，絕不是真的有三條心兩個意。又什麼「千真萬確」，那一個能列舉這千萬來呢？「七顛八倒」，或「七零八落」，或「七上八下」，並不是有十五個東西在那兒給你分得開。王端履在《重文齋筆錄》說：「曾憶一書，七零八落作七菱八落，謂菱角熟時，無不自落，此又別自一解也。」這未免膠柱鼓瑟太固執著了！還有「五角六張難作事，七零八落最關情」，這兩句詩究竟表示一些什麼？怕就問端履自己他也未必能具體說明吧。正如「七凸八凹」，凸凹的是啥子物件？也沒一個人能說出來的！

雲師（50-11-13）

41

《宮閨聯名譜》

　　中國婦女的傳記，最早的就是《列女傳》，可惜分量太少，品類也過簡。湖州董恂輯過一部二十二卷的《宮閨聯名譜》。自后妃以逮娼妓，怕總有千把人。最後的附錄也很妙，列了許多女堯舜、女聖人、女諸侯、女學士、女將軍、女先生等名目，將出處或故事都附載於下。研究中國婦女生活史的，此書對他多少有點用處。可惜作者編排太差了，什麼天文、地輿、人倫、性情、形體、服御、寶器、動物、植物，極不便查檢。十三卷以後，三字四字，雙名，還比較方便些。若使有人替它編一索引，倒是需要的。在光緒二年丙子，申報館仿聚珍板印成，分訂十冊，當然現在要在舊書攤上去找，未必能容易找到。我最愛這書收羅材料的廣博，唐宋以來的小說筆記都引遍了，而逐條注明來源，這是很謹嚴的辦法。如書中第一條考杞梁妻名明月，即俗所傳孟姜女，他用的崔豹《古今注》；又據《日知錄》說明月一作朝日。他輯這本書的態度，是絲毫不苟的。

雲師（50-11-14）

漆工藝術

　　福建的漆器跟江西的瓷器，同是我國著名的工藝品，不過瓷器的進步比漆器好，漆器的品質和圖案越過越惡劣了，原因是在墨守成規，不求改進。不談旁的，單說器體上的裝飾，所畫一些花鳥、山水、人物皆低劣得很，千篇一律，難道此外便無題材了嗎？我在福州一些時，那幾家大漆貨店，我經常去逛，除了手杖，除了香煙具、大小花瓶以外，就沒有什麼器類了。陳之佛先生跟我談起，漆器工藝，若不再圖改進，一定是被淘汰的。可是不久有一位沈福文來開漆工展覽會，他的製作據之佛說是得了甚大的成就，能以創造的精神，表現民族特質，是一件有生命的工藝品了。他甚稱讚沈福文確有洗練的技術、變化的形式、諧調的色彩，又有能與器體融和的裝飾。我也去看了兩次，他的展覽品中，大都用敦煌千佛洞隋唐北魏的壁畫及其模樣來作裝飾的題材，我用「古雅典麗」四個字代表他的作風。有些盤几之類，也很能實用。不知沈君這幾年在漆器方面還努力不？當時我們認為經過他的嘗試，漆工藝術應該另有新的開展，我是深以沈君為念的。

　　　　　　　　　　　　　　　　　　　（50-11-15）

熬茶與下壩

藏胞是尊重佛教的，他們到拉薩去禮拜達賴喇嘛，叫做「熬茶」。什麼叫做達賴呢？梵言是「海」，就是智慧法力跟海一樣的意義。他住在布達拉山寺，管領大詔小詔甘丹諸寺。據王德甫《蜀徼紀聞》所載：「西藏本杜爾伯特地，與天竺五印度鄰。自唐以來，即崇尚桑門教，主地方者為拉藏汗，達賴喇嘛與之分治其民。頒給金冊金寶，其印文云：『西天自在佛總理天下釋教普通日赤拉坦喇達賴喇嘛之印』，以國語（即滿文）、漢字、蒙古、唐古忒四種字刻之。」那時凡是喇嘛皆戴黃色的帽子，也就表示他們是黃教。住後藏有班禪額爾得尼，省稱班禪，梵言是「寶貝」的意思。達賴自宗喀巴以來，世世有轉輪應世的傳說，每一世轉生，由班禪轉為教授，那理事的人叫堪布，大弟子就是一些呼圖克圖，連他們降生，也像達賴一樣的。散在中國內部跟蒙古的有四：章嘉、折卜尊、丹巴地默、噶爾丹，他如叉木多等處也有。還有紅教喇嘛，是戴紅帽子的，主教名多爾濟多穆帕，又來唸咒畫符，役神差鬼的一套，跟黃教習清淨是不同的。因此一向紅教處在協助黃教的地位，仍歸達賴統轄。每一年冬天，藏胞也有到內地當傭工的，名為下壩，自從僧格桑的阻撓，下壩之風大戢，因之藏漢之間越發隔閡。這些都是以往的情形，今後的西藏的新頁，現在正待揭開。熬茶下壩的舊習，也需要改造了。

飲虹（50-11-15）

《天樂正音譜》

　　天主教輸入中國，在明代萬曆、天啟時，已相當發達。我為著研究那時的曲樂，曾校刊王徵的《山居詠》，跟《山居詠和》，其中用天主教義作典實的就不少，方豪（杰人）兄又為作注釋。不久以後，他在上海徐家匯藏書樓，發現一種《天樂正音譜》，抄本，雜在吳漁山《續日》、《三巴集》冊子中。大概也是王徵同時人作的，一共九套，有：彌撒樂音、稱頌聖母樂章、敬謝天生鈞天樂、喻罪樂章、悲思世樂章、警傲樂章、戒心樂章、詠規程、悲魔傲，都是為天主教儀注而作，似乎不曾印行過。我也將它刻了出來，如喻罪中，聖經設喻有五，蔽靈明如黑雲，用賞宮花唱道：「黑雲障太虛，終兒暴可知，混跡三仇里，強自展愁眉。爭似冬蛇常掩目，指南難與話東西。」若使聖經沒唸過的，就不容易懂。我說它是洋道情，似乎也說得過去。早兩年徐家匯有一位嚴修士贈我他的詩文集名《紅玫瑰集》，詩境也相當高妙，可惜不在手邊，也許丟在滬寓了。

雲師（50-11-15）

45

陳金鳳與李春燕（一）

福州的西湖比杭州的西湖小得多了。我那一年到福州去逛過好多次，據當地人說從前的水晶宮便在湖上，因此我寫了兩支〈迎仙客〉詞，既吊「湖上採蓮金鳳手」，又想起「重照粉奩春燕子」，我是以「穢滿宮詞，莫歎王閩事」這句話作結的。關於陳金鳳和李春燕兩人的穢史，似乎知道的人並不多，實際上比楊玉環還要令人作嘔。因為有一位朋友讀我這兩首詞認為有疏注必要，所以我且將她們的本事寫出來：

金鳳原來不姓陳，她是福清萬安鄉人。父名侯倫，據說跟陳岩妾陸氏生的她，所以冒姓陳。在王審知入閩時，她給陳岩族人陳匡勝收養的。後來王審知成了閩王，選良家女充後宮，這一位十八歲的金鳳便授召為才人，歌舞在同輩中第一。審知死後，延翰繼位，不久為周彥琛殺掉，延鈞立，他看中了金鳳，竟封為淑妃。長興三年，延鈞稱帝，國號閩，改元龍啟，金鳳也成了皇后，築了一座長春宮，每天為長夜之飲，長枕大床，擁金鳳和宮女們裸臥，造水晶屏風，因此有水晶宮之號。

金鳳的〈樂遊曲〉很有名，一是「龍舟搖曳東復東，採蓮湖上紅復紅。波澹澹，水溶溶，奴隔荷花路不通。」一是「西湖南湖鬥彩舟，青蒲紫蓼滿中洲。波渺渺，水悠悠，長奉君王萬歲遊。」她們的享受是建立在人民的身上，她是楊玉環後最像楊玉環的一個人。

（50-11-16）

46

陳金鳳與李春燕（二）

陳金鳳的生活越過越腐化、墮落，不久與宮中一小吏叫歸守明的有往來，他年紀很輕，貌甚美，起初是伏侍王延鈞的，這時延鈞已有風疾，他跟金鳳便這樣接近了，她也稱他為歸郎。因這歸郎又結識百工院使李可殷，這位李可殷極聰明，可惜聰明用得不大正當，在長春宮中造了一座九龍帳，這帳大為延鈞所讚賞。當日金鳳所以能受延鈞的寵倖，由於一個內侍李倣的關係，李倣自恃有功，金鳳有些受不了，於是令可殷專說李倣的壞話。李倣氣極了，認為金鳳負恩，他就打算一種奪寵的辦法，便打扮起他那十五歲的妹妹李春燕，給延鈞看到，果然大滿意，冊為貴妃，也封李倣為皇城使，從此九龍帳他也不再去了，並且為春燕專造了東華宮。一天，太子王繼鵬率令皇城衛士刺死了延鈞，而陳金鳳和那歸郎在九龍帳裏也喪了命。這是一個政治陰謀，當然有內幕的，誰導演的呢？當然就是那李倣。我遊西湖時，還看到那一座大夢山，我對此山名極感興趣。她們的一場大夢，正在這大夢山下演出的。

（50-11-17）

陳金鳳與李春燕（三）

當王延鈞為李春燕造東華宮時，據說：「以珊瑚為
梲□，琉璃為檻瓦，檀楠為樑棟，真珠為簾模，箍金為柱
礎。」可謂窮奢極侈。建造宮殿的匠人差不多好幾萬人，刮
得人民直叫救命。李倣知道人民是要怨自己的，私下和李春
燕商量，利用太子繼鵬和陳匡勝的矛盾，對繼鵬介紹春燕，
果然繼鵬就愛上了春燕，為一愛人，也就犧牲了父親。繼鵬
即位以後，老實不客氣的立春燕為皇后。李春燕原是沒有知
識，相信一個妖人譚紫霄的話，繼鵬又為她造紫微宮，這紫
微宮比東華宮更華麗，又築三清台，紫霄帶著春燕在台下作
樂，說這樣才可為繼鵬延年永祚。後來紫霄事敗，被殺，李
倣也作刀下之鬼，於是李春燕也同秋扇見捐一般了。這結果
當然是一齣悲劇。我把它比做楊玉環，實際上陳仆李繼，王
家這三代也太不成樣子，在中國歷史上可以說是最荒淫暴虐
的一個例子了。五代十國的史實，向來熟悉的人很少，尤其
是王閩僻處海隅，更與外界隔絕。我因遊西湖而訪知陳李這
一段情節，又因遊過鼓山，看過王審知的更衣亭。王氏父子
祖孫似乎還沒有南唐二主那樣給人傳說著。

（50-11-18）

淵廬秋讌

　　秋風吹到了玄武湖，菊花開得正好。淵廬主人楊澤挨澤周兄弟邀約我們來湖上賞菊。明代顧東橋有個《鞠讌圖》卷子，後歸仇氏珍藏；他們兄弟倆這約會也可以說是鞠讌，然而大家意旨並不盡在賞菊，所以我只說是秋讌。我個人是剛巧病起，特地在湖上走走，楊仲子說：「南京是秋天最好。」我進一解道：「應該說秋天的玄武湖更好。」在殘荷凋盡，蘆花全白的時候，南湖在玄武湖尤其是最好的一角。對雞鳴寺的紅牆，台城上的人影，再東望那小小的三藏塔，一種清秋氣象分外襯托出來。偶然有一兩隻小船搖來蕩去，打不破湖上的安靜，明知來賞菊的朋友正向公園那面擁擠，我們只愛這邊的靜穆。平日忙於開會的胡翁小石，不愛多說話的宗白華先生，同陪著八四老人韓漸叟，七十一歲的伍靜園，同坐立在闌杆旁，達一小時之久。攝影家高月秋又為我們拍了一張照。在我呢，已是這樣閒慣了，他們卻是「偷得浮生半日閒」，好不容易才有這半天的閒遊。已是夕陽西下了，我想跟大家散了，幾位老人還一定邀我留一會兒，在萬家燈火中，才告別了玄武湖，告別了淵廬主人。此遊甚妙，妙在沒有雅得俗：分什麼韻，湊什麼歪詩，這樣寫下來，只當作日記一頁罷了。

飲虹（50-11-16）

鬍子之累

　　我有一位姓蘇的朋友，他不獨寫得一筆好蘇字，而且養得一嘴像東坡的鬍子。他每一天起來，第一件事洗鬍子，比洗臉還要重要。我笑他愛他的鬍子，過於禽類愛它的羽毛。我笑著問，你睏覺時，鬍子在被外還是在被裏？這本是一個老笑話，而他說：「我是有鬚囊的！」原來他特為鬍子縫了一個口袋，睡時把鬍子盛起來，免得讓被子磨折了它。平日他手裏又離不開鬍梳子。我說：「這樣有鬍子，不如無鬍子。」他說：「不然，不養鬍子就要刮鬍子，刮起來倒反而麻煩的。」女人們為著省事剪了髮，有的剪了髮比沒有剪髮梳妝得更費事。男人們為了節省刮鬍刀而養鬍子，像蘇先生這樣，所費的心力在鬍子上又忒大了！我說他是受鬍子的累了，每天時間費在鬍子上的，至少是四分之一。我要誇張點說，他愛惜他的鬍子已過於他的生命，連在走路的時候，他一刻也不能忘記撚他的鬍子。

雲師（50-11-16）

鐵拐李的傳說

關於八仙得道的傳說是紛紜不一的，趙翼的《陔餘叢考》卷三十四八仙條引：「胡應麟乃以神仙通鑑所謂劉跛子者當之。」這說法的重點：在鐵拐的「拐」上。元人《鐵拐李》雜劇楔子中云：「岳壽，誰想你渾家將你屍骸燒化了，我如今著你借屍還魂。」這裏有兩點可注意，一是他屍體向來說是弟子焚化的，此處卻說渾家所焚化；一是說他姓岳，原本說姓李名岳，作者岳伯川硬說他姓岳，《曲海總目》說：「未審果是李岳否？伯川姓岳，或其宗人事，或藉以自喻，但未可定。」這雜劇與其他傳說不同的。又《綴白裘》十一集，梆子腔中〈堆仙子〉云：「姚孔目，姚孔目，將鐵拐李護。」於是有說他姓姚的。《潛確類書》說：「鐵拐姓李，質本魁梧，早歲聞道，修真岩穴。一日，將赴老君華山之約，囑其徒曰：有魄在此，倘遊魂七日不返，若可化吾魄也。徒以母疾迅歸，六日化之，至七日果歸，失魄無依，乃附一餓莩之屍而起，故形跛惡；非其初矣。」《東遊記》第五六兩回，專敘他的故事。他專用竹葉舟度人，說見《異聞實錄》，元范子安於是又據寫成劇。我覺得關於鐵拐李的傳說，採用一個無名階級的人為大眾服務這一段，寫出一篇小說來，是很有足觀的。

飲虹（50-11-17）

掃疥

　　根據農曆十一月八日，已是立冬了。照舊日的說法，冬者終也。立冬之時，萬物終成，所以叫做「立冬」。《禮記‧月令》說：「命有司循行積聚，無有不斂，壞城郭，戒門閭，修鍵閉，鎮管籥，固封疆，備邊境，完要塞，謹關梁，塞徯徑。」在古代已講究冬防了。這日子在《荊楚歲時記》上說，要「命酒為暖爐會」了。還有些地方在那一天服食人參、銀耳、燕窩等大補品，不過這皆是極少數人的事，這年頭誰還吃得起呢？只是掃疥這種風俗還值得提一提，《熙朝樂事》說：「立冬日以各色香草及菊花、金銀花，煎湯沐浴，謂之掃疥。」有人說這從戰國時楚俗開始的，所謂香草，不外辛夷、蘭蕙、杜衡、揭車、薜荔、江離、胡繩、芳芷，然而這些見於楚辭的草名，現在又是些什麼花草呢？我也不是搞古植物學的，當然也說不清楚。至於金銀花煮湯洗澡，中醫說功能清熱解毒，又去一切風濕、疥、癬、癰、疽等惡瘡，就是菊花也能驅風解熱，去濕痹，清頭目。所以要定在立冬來煎湯沐浴；有無特效？不敢揣測。只是舊有此習俗而已。

雲師（50-11-17）

52

貴州的刺梨

在西南一帶那些山坡裏，有一種香風陣陣，滿開紅花的野果，貴州人叫它做刺梨。三月開花，紅色單瓣，七月果熟，果是橢圓形的，像一顆橄欖，遍生小刺，有一種特殊香味，它是屬於薔薇科的一種植物。當地的人折去它的刺，有的生吃，有的用糖漬起來，也有的曬乾了用作茶，更有的用它泡酒，名為刺梨酒，是非常醇厚的。賣起來價之廉賤不可比擬，可以說是最大眾化的水果，差不多俯拾即是，比四川的橘柑產量還要大。不獨如此，它的營養價值也極高。在一九四二年，有位王成發先生作研究分析，拿一個熟黃的刺梨來說，每公分中平均含有二四‧三五公絲的維生素C，比四川廣柑高五十倍，比綦江那種橘子高出一百倍還要多。照王氏說來，刺梨的維生素C含量可以壓倒一切的水果，一個人只要吃半個刺梨足夠他所需要的維生素了！還有一種地瓜，我只知湖南四川都有，不知道刺梨在黔滇以外其他省分有沒有？也許大家認為它是野生植物，不值得移種，也許移它在別的地方就不容易生長？這不過是我個人的揣測而已。

飲虹（50-11-18）

西藏與文成公主

十月十五日是唐代文成公主的誕辰。在這一天，拉薩人必盛裝去參賀大詔寺的。西藏在唐代是吐蕃，相當的強大，那時正棄宗弄贊在統治。他在貞觀八年，派使者到長安來，因為突厥、吐谷渾皆娶了唐公主，所以他也來求婚。李世民起初是不答應的，弄贊就來攻打松州，被唐兵擊敗後，他又來求婚，結果就以宗女文成公主嫁了他。在柏海，他還來親迎，對唐室執婿禮甚恭。看到中原人服飾之美，非常羨慕。歸後築了一座公主城，建立宮室給文成公主住。因為文成公主看不慣那兒赭面的習俗，弄贊就下令革除，一切漸漸的漢化了，派一些子弟上長安來學習詩書，國中也定法律、造文字了，把養蠶、造紙、造酒這些技術都輸入了，在這時對中國非常恭順。李治即位以後，封他做駙馬都尉，西海郡主，又晉封賓王。由於文成公主的信佛，下嫁時曾帶僧侶去的，弄贊也力加提倡，於是印度高僧也就入藏了。拉薩城中那大招寺，藏語是叫做番木郎的；現今藏胞，多知道文成公主的故事。

雲師（50-11-18）

54

重慶歸客談

　　我的一位內弟是學醫的，在重慶開業了十四年，最近奉老母攜妻兒東歸。他跟我談起重慶的近況。第一由於經濟好轉，市面漸有正常繁榮的氣象。膠皮車輪限制著用，為照顧著鐵輪車工友的生活。廣柑每百個一簍只一萬三千元，熟米每市擔十三萬多，豬肉每斤三千幾（至多三千七八），豬油每斤七千，這肉價比東頭要便宜一半以上了。不過他們都很少吃魚蝦，回到故鄉，只有想吃魚蝦，我也只可以此饗客。我頗關懷峽中那些老友，他為談起他們努力學習的情形，現在正加緊時事學習，情形大致相同。只有在重慶捕殺狗甚多，有的投之川江，有的烹食了的。從前所謂蜀犬吠日，此後這句話不適用了，因為留下來的犬為數的確是很少了。他送了我一盒三五牌的雪茄，這個我已好幾年沒進嘴了，抽一抽這淡味的煙，擺一擺新重慶的光景，這一段龍門陣實在過癮，不覺到了夜深，可惜沒有地瓜可以飽啖，只剖了一個虁門柚子。我對地瓜與菜腦殼兩樣，是最不能忘懷於重慶的好東西。

雲師（50-11-18）

從包廂談起

　　這三四十年以來，戲園之演變，細細想起來也不算小了。不談舞台的建築，就是台下的座位，從前有什麼官廳、包廂之類，現在這些封建名稱早沒有了，代之以特廳、正廳、花樓等名稱。普通座位舊日北方所稱為池子的，南方叫做邊座，如今在名稱上都一樣好聽了。當然舞台的狀貌改變尤多，當日的杠子也看不見了，什麼轉臺等花色也看不見了，不獨北方如此，南方也如此；不獨大都會如此，小城市也如此。說起來很可怪的！就是跳加官，跳女加官，跳魁星等，多半都省掉了，這些是二三十年以前戲劇界封建的痕跡，一步一步地肅清了。有時全家的人去看戲，未嘗沒有人懷想包廂那制度，當然這不是大眾需要的，過去這種辦法無非為少數人的享受。可是從舊時包廂那樣子，我聯想到喀什噶爾市場來，這差不多是中亞商廛的形式。我寫過一支〈天淨沙〉，題為喀什廛肆皆阿拉伯式，詞云：「坐賈卻似行商，店家跪倚門窗，貨品由人玩賞，擺攤模樣，一家一個包廂。」沒看過戲園子包廂的，也就不理會這個比方了。

　　我說戲園取消包廂，跟飯館裏的小吃部添設「火車間」，這兩樣一興一廢，最可以看出時代色彩來的。

（50-11-19）

北京的城（上）

　　北京從遼代會同元年就開始建都，把幽州改稱為南京，又名燕京。開泰間，又把幽都改析津府。於是修建都城，地廣三十六里，闢了八門：東邊是安東、迎春。西邊是顯西、清音。南邊是開陽、丹鳳。北邊是通天、拱辰。擴充這舊址的是金代天會三年，地廣達七十五里，增闢成十三門。在元世祖至元九年定為大都的時候，北京城是六十里，十一個門。明代，在洪武初年，命徐達經理元故都，周圍縮小只有四十里，闢正陽、宣武、崇文、朝陽、阜成、東直、西直、安定、得勝，共是九門。到今天這些城門名還是沿用那時的。順治元年八月，清兵入關以後，只劃分八旗居住地帶而已。同是這北京，在遼、金、元三代，它的位置是不一樣的。遼時的城在現今的城底西南方。金都南邊到達豐台，西邊到八里莊。元代的城是土築的，不用磚石。現在安定門，西直門，還可看見隆起的土阜，那便是元城的遺跡了。今後我們這人民的首都北京，當然要比以前修繕得更好，但是我們談一談北京的城的史話，知道以前修建的經過，我們將更愛護我們的首都，而且說起北京的戲來，它本身的變遷也不是很簡單的，是值得說說的。

飲虹（50-11-19）

北京的城（下）

　　原先北京的四周是有堅固而整齊的城牆，它是正方形的。在南面有外城；成了長方形。內城有九門，外城有七門。據明代《太祖實錄》說：「大將軍徐達命指揮華雲龍經理元都，新築城垣，南北取徑直，東西長一千八百九十丈。又令指揮葉國珍，計度南城周圍五千三百二十八丈，南城故時基也。」可見當時仍然按故基重建的。這時朱元璋建都金陵，在南京大興土木，但仍顧及北京的。朱棣遷都北京後，當然對北京經營的更起勁了。

　　後來，京城又還修過幾次：宣德九年七月，曾命官軍和民夫修北京城垣；正統元年十月，又修建九門城樓，十年繼修城垣。內城雖葺理很好，外城在嘉靖二十三年開始，四十三年完成的。《世宗實錄》中有詳細的記載。而《春明夢餘錄》說到「內外兩城，計垛口二萬零七百七十二，垛下炮眼共一萬二千六百有二。」城的高矮、長短、寬狹，記在《工部志》裡。並說嘉靖四十二年增修各門的甕城。清代雖然奠都了二百多年，也曾將城垣修葺了幾次，但東西北三面的外城始終未築。現在整齊的城垣還是保持原先的面目，這也算是難得保存下的的「古物」了。

飲虹（50-11-20）

自製帽

　　帽子跟鞋子大不相同，中國沒有進屋子先脫鞋的習慣，然而一頂呢帽就必須脫下來，在西風裏光著頭，也不是人人能做得到的。戴一頂瓜皮小帽罷，似乎又太老成了一點。因此為著帽子大傷我腦筋，我假若穿制服，那便帽當然跟著放在頭上了；我又不是穿制服的人，單戴一頂便帽，何嘗又像個樣子！於是我只好創造一種形式，說它是便帽無帽舌；說它是瓜皮無帽結；說它是呢帽又無帽沿。有些像從前的那童子軍帽，又有些像和尚的毗盧帽；不過我這自製的帽子是軟的，可以摺起來揣在懷裏。我自家選好的一尺二寸黑布作材料，又一尺二寸藍布作裏子，費了兩小時工夫，剪裁縫絞，做成以後非常合頭。人家看到，疑心是我在西北買的，這又不知道他們何所見而云然了？

　　平日我除了皮鞋，凡布鞋皆自製的，現在連帽子也自製了，大可省下一筆錢，至少鞋帽店是賺不到我錢的。

雲師（50-11-19）

三續「教子」

　　十多年前為涵芬樓校訂懷寧曹氏所藏七十多種戲曲，曾寫成《讀曲小識》四卷，商務印書館在抗戰期間才印出來。卷三中我記下一本《雪梅教子》，道：「雪梅幼字商文祐，未嫁而文祐卒。文祐嘗與婢愛玉私，遺腹生子名輅。雪梅既守志商氏，撫其孤。惟輅漸長，知己是愛玉出，不服雪梅之訓，愛玉嚴責之，始請罪於雪梅。」大致跟「三娘教子」很像的，這是梆子調，我疑心它是明代的鈔本。三娘教子跟它不同，是一個老僕薛保，沒有愛玉。昨天，續明清君邀我到淮海路中華劇場看他三個孩子合演的「教子」，續正琴是明德女中學生，扮王春娥，扮像既好，唱的很精彩，我感覺著一小缺點就是臉上的戲，還不夠。他弟弟正剛扮薛保，雖然他才十三歲，唱做工都很到家。尤其博得滿堂彩的是六歲的正泰，扮薛倚哥，儼然熟練得很，唱的聲音略低一點，白口簡直不類外行兒童的聲吻。據說他們在今年暑假中請一位教師花了半個月學的，如今也算南京名票了。明清說：「我提倡家庭的文娛活動，省得孩子們學著賭錢。」他這樣的主張教子，無怪這三位小續把「教子」唱得這麼好了。

（50-11-20）

記師山堂

楊仲子先生住在玄武湖上，快兩年了；我始終不敢去訪他，因為地方不好找。最近聽說他生了一場病，我惦念他。在一個星期日的上午，我到了湖上，探明他是住在環洲的，沿路的問，居然問到了十號。他雖然病後。精神還不錯。那兩間平屋，說不上怎麼精緻，可是明窗淨几，佈置得好。的確他是一位藝術家，任何房間經過他一安排，便非常美觀，室中兩個大瓶：一瓶是蘆花，一瓶是梧桐葉，薄得像蟬衣似的，雜著梧桐子。四壁貼的是友好的書畫，橫額是胡小石翁所書，「師山堂」三字本他的伯祖父柳門先生前所用的題匾。我正玩賞那些字畫時，小石翁、宗白華先生等接著也來了。仲子笑道：自我搬這兒住，從來沒有高朋滿座的時候，今天居然椅子不夠坐了！因為在我之前已有好兩位坐在那兒了。大家都很關心他病後的生活，他依然每天早晨五時便起，午時回來，要不是星期日，他還不得在家呢。他談起近日的窘況，但他又窮那麼美，真值得羨慕的。

雲師（50-11-20）

《紅樓夢》提到的國家（上）

我們從《紅樓夢》中看西洋貨的輸入，如鐘錶、西藥、布匹；可以斷定那時（大約在康熙雍正間），大家早已知道中國以外有些什麼國家了。儘管那時的鐘，是堂屋柱子上掛著一個匣子，底下又墜著一個秤砣似的，不住的亂晃，咯噹咯噹的響，似打羅篩面一般。鳳姐往寧府協助秦氏喪事時，每一個大丫頭身上都掛著錶，可知鐘錶在賈家已是如何的普遍了。再說西藥，寶玉要給晴雯聞鼻煙痛打幾個噴嚏；拿來是一個金鑲雙金星玻璃盒子，裏面是個西洋法瑯的黃髮赤身女子，兩肋又有肉翅，裏面盛著些真正上等洋煙。這兒所說法瑯，當然就是現在所稱的法蘭西，法國。此外如那西洋貼頭疼的藥，叫做「依弗娜」，卻不知是那一國的貨了？談到穿著的，最惹我們注意的，是賈母給寶玉的那一件孔雀毛的氅衣，她說：「這叫做雀金呢。這是俄羅斯國拿孔雀毛拈了線織的。」所以後來寶玉一不小心，弄了個指頂大的燒眼，多虧晴雯力疾來補，寶玉說：「這就很好，那裏又找俄羅斯國的裁縫去！」我隨手翻一翻，就看它提到了法國，又提到了俄國；雖然那時中國還是閉關的，但已不認為天下就是一個中國了。

（50-11-21）

《紅樓夢》提到的國家（下）

那時候法國、俄國當然不成問題，是兩個大國家。但同書中薛寶琴所說，在她八歲時，跟她父親到西洋海船上買洋貨，遇到一個真真國女兒，這真真國又是個什麼國家呢？似乎這問題還沒有人提出的，卻應該研究一下。我認為絕不會捏造的，因為它能知道法俄，不必捏造一個國名摻雜其間，只是「真真」現在我們叫做什麼？很不容易猜出。寶琴說那女孩子十五歲，「那臉面就和那西洋畫上的美人一樣，也披著黃頭髮，打著聯垂，滿頭戴著都是瑪瑙、珊瑚、貓兒眼、祖母綠，身上穿著金絲織的鎖子甲，洋錦襖袖，帶著倭刀，也是鑲金嵌寶的，實在畫兒上沒有那樣好。」從此女的髮色、服飾等，我實在不敢妄自揣測；不獨薛林等聽了寶琴的話都怔住了，我們讀《紅樓夢》至此，也未嘗不怔住咧。何況說她通中國的詩書，會講五經，能做詩填詞。那一首：「昨夜朱樓夢，今宵水國吟；島雲蒸大海，嵐氣接叢林；月本無今古，情緣自淺深；漢南春歷歷，焉得不關心！」詩作得真不錯，與大觀園的姐妹們筆致是不一樣的。無怪她們也同聲稱讚「比我們中國人還強。」我為著這真真國懷疑了二三十年，至今仍然是一個猜不破的謎。

（50-11-22）

關羽畫像

　　我家故居旁邊是座關帝廟，叫做伏魔庵，每年三月裏香火極盛。我小時候，就聽過這笑話，說關羽塑像的手中有持摺紙扇的，上寫「雲長二兄大人教正」，下邊寫「弟諸葛亮敬書」，不過我所看那塑像並無此扇。在江南各地有很多的關於關公的傳說，進到四川，反而張飛比關羽普及，到處是桓侯廟。我們看關羽的畫像在南方舊式理髮店裏最多，這原因我再也想不出，這畫像是誰畫的呢？據說明代弘治三年十月十八日，揚州濬河，曾獲玉印一方，文曰「漢壽亭侯之印」，環紐重二斤四兩，鎮江吳拱辰作贊，刻了石碑，下端刻像，繪像者「黃輝」是有圖章的。立碑的年代是清乾隆時，是不是現在輾轉重摹的關羽畫像就出於黃輝呢？這是一問題。又松江也有關羽畫竹的石刻，據當地人王弈仁在雍正戊申年的跋，說：這是「關夫子手筆」，從北京正陽門一個廟裏翻刻的。我們南京雞鳴寺下的關廟，就是目前市人民政府的所在，有口「武廟鏞鐘」，是李鴻章手上鑄造的，這一口鐘並不古，可是比文廟的鐘來得大。早年三月出關帝會，這裏更熱鬧，如今覓關羽的塑像已不可得，那伏魔庵卻至今還存在著。

飲虹（50-11-21）

64

贅園讀史法

　　仇淶之（繼恆）先生是樊門高弟，他點了翰林，就在
陝西任州縣。五十以後，回到南京；每天抄書，抄了全部的
太白集、工部詩集、老子、莊子等。又逐日作日記，還要讀
史。他的讀史的方法是分類摘抄，他分了八類：一是雄略豐
功，二是老謀大勇，三是精忠直節，四是循續清操，五是卓
識壯懷，六是庸德畸行，七是高文雋論，一作妙文莊論，八
是雅故瑣聞。從民國二年開始，直到他七十三歲才寫定的。
大抵根據《左傳》、《國語》、《戰國策》、《通鑑》等書。
在每一節後，自己所加批判低一格寫，好似史論樣子。第
七八兩類，誠如他自己所說：「近於文人結習，忍俊不禁」
還有很多地方，自己再用紅筆批判舊作的批判，雖然最後定
了稿，未必自己便認為定論了罷。他這種分類在我們今天看
來，未必是妥當的，然而他這種讀史方法，跟趙翼二十二史
箚記似的，還是可以給後人仿效的。哲嗣立甫先生給我看，
我勸他有機會可以印出來，免得給蠹魚吃下去完事！

　　　　　　　　　　　　　　　　　　　雲師（50-11-21）

罵人

　　現在已不是談罵人藝術的時候了。不過，罵人是值得研究的。何以故？因為這裏面有很多的材料故。就時代講，各時代有各時代罵人的話；就地理講，各地方有各地方罵人的話。有在甲處說此話並非罵人，而在乙處便認為罵人罵得刻毒；同樣，有在這時說此話並非罵人，而在另一時代便認為罵人罵得夠慘的！譬如「老丈人」、「大舅爺」，南方認為親屬的尊稱，而在北方是罵人的話，其實並不一定是北方，在四川說「舅子」仍然是一句罵人的話，不過「舅子」兩字猶有可忍，若說是「龜兒子」，那被罵人者定跟你拚命。我們在元曲中看這句話喚做「子弟孩兒」，什麼「老子弟孩兒」，「村子弟孩兒」，意思是一樣，看看好像不同。福建話叫「表子仔」，也是句罵人話，而嚴重就不如四川話的「龜兒子」。至於罵道士為「牛鼻子」，和尚為「禿驢」，過去小說中極普遍；而罵秀才們的「屎頭巾」則早失時效了。罵女人的「歪剌骨」，罵男子的「無徒」，現在已不用了。《水滸傳》中李逵嘴裏常說的那「鳥」字，如今雖不常聽見人用，但同等的字面依然被採用來罵人。太炎先生《新方言・釋言》道：「古謂凶人曰禱柍，今謂凶人曰光棍，其義同也。」現在看著光棍就不甚嚴重，甚至於自稱，不一定是罵人的；至於「殺千刀，斫頭的，短命的」之類，婦女用來較多，而以生殖器管用作罵人才料的，無論古今，在中國是最流行的。

飲虹（50-11-22）

巨甸謠句

　　印度泰戈爾在一九一八年所刊行的那本《迷途之鳥》集，就是他在日本受俳句影響所寫小詩的結集。我想如果人民詩人們要向歌謠學習，接受歌謠的影響，同樣可以寫一點新鮮頑意兒來。且拿巨甸的情歌來說，這是薛汕所編次的《金沙江上情歌》底一部分，大約有二百六十多首，每首多半兩句，也有四句的，跟日本的俳句意味有的差不多，例如：「出門要把針線帶，處處聯下有情人。」「風吹楊柳十八棵，曉得那枝合妹心？」不一定是七言的，如「你掛小哥針掛線，小哥掛你鑰匙掛鎖心。」「你想小哥怎麼想？小哥想你那夜不睡到天明。」編者說可以把它作為一部現代國風看。不過滇風究竟有它的特色，圈子再縮小些說，巨甸跟石鼓、鶴慶、麗江，雖同在金沙江上，同是歌情，又何嘗盡同了。這些兩句一首的，我最愛玩味，它跟俳句不同之處，是俳句「比」多，它的「興」、「賦」多。

雲師（50-11-22）

閒話香妃

我在本報曾介紹過水建彤的《伊帕爾汗》詩劇，曾推許它為用香妃題材寫得最成功的作品。現在又看到蝶衣兄的新作《香妃》開篇，經過蔣月泉、楊振言、徐雪月三位的播唱，一定是膾炙人口的。不過「閒來偶向天山獵」這幾句，可以商量一下。這使我聯想到楊雲史的〈天山曲〉，那也正是一首詠香妃事的歌行；因為楊陳兩位認為香妃既在天山南路，一定可以在天山打獵；其實回都喀什噶爾（即疏附與疏勒）是一片大平原，離天山相當的遠，在那兒不可能「擒虎豹，縛兔罷，一箭能教百獸降」的。此外「宮牆」兩字也需要改易，因為那兒都是阿剌伯式的白土房子。那兒多的是樹木，多的是水，在沙漠上可算最大的綠洲，回語的「疏」就是水的意思。蝶衣兄把這兩句改一改，全詞可稱完璧了。我曾看過一家影片公司拍的《香妃》，那服飾、市場都不像，情節也與事實不符；尤其作戰的鏡頭，居然有山；在南疆是不會有那種風物的。我猜想這位導演也許把西藏風光和新疆冶為一爐了。關於香妃，我也寫過一些東西，但我相信水先生的詩劇，寫得更真實，他在新疆工作很久，搜集香妃的材料也費了不少的心力。蝶衣兄如果看過《伊帕爾汗》，一定更能把開篇寫的完美。我最欣賞這開篇的煞尾：「千載長留姓氏香」。這「香」字是雙關語，下得真有意思。

（50-11-23）

吃蟹的笑話

　　諺云：「九月團臍十月尖」，現在該是蟹最肥的時候了，可是今年的南京，這幾天蟹已漸漸的少了。上海講湖蟹，南京講圩蟹；湖也好，圩也好，沒有農民反認不得蟹的道理。在李卓吾《一夕話》卷二上有「鄉人不識蟹歌」，這只能當笑話看。原歌是這樣的：「鄉里人買螃蟹，買將來往廊簷下掛。妻子道：這樣大肚皮的蜘蛛，你買他來作啥？夫主道：你與我搦出一點血兒，將油鹽來炒刮。妻子道：這樣沒頭沒臉的東西，叫我怎生來宰殺！這幾日沒有油鹽，且將白水來煮罷！從早晨直煮到晚，看看還是一塊瓦。妻子道：這樣費柴費火的東西也把錢出，買將作啥？從今而後買什麼東西也將指頭兒呷呷。丈夫聽罷心中煩惱，不管生熟拿來嚼。揭開鍋蓋跌了一足，起初是翠青的東西，也變作通紅的殼甲。」看這歌詞使我想起元曲中的「莊家不識勾欄」，形容這一對夫婦不會吃蟹，倒像江南人所說的「牛吃蟹」了。不過，我跟這鄉人也有些相近處，就是沒有好方法來剁、來剔，偶然吃隻把蟹，勉強對付，對於蟹的下市，是毫不表示有點戀戀不捨的樣子的。

飲虹（50-11-23）

粗雜的草稿

　　大約是四年以前的事罷，郭沫若先生曾到過南京，他寫了一本《南京印象》。我知道他對於南京是不甚熟悉的，但他說：「的確我進南京城的第一個感覺，便是南京城還是一篇粗雜的草稿。」這粗雜的草稿五個字，真是一個絕妙的評語。誠然，白費了二十來年的光陰，始終沒建設好，未免「不成體統」，也太不重觀瞻了。假如按定計劃，有心建設，又何至於此！至於這篇草稿弄成這樣粗雜，第一是太平天國滅亡時，受到過分的蹂躪。第二是壬子的兵事，使明代的宮城完全成了廢墟。在日寇的侵據時，殺人雖多，建築還沒有多毀。加以一直不修這草稿，當然越過越粗雜了。因為郭先生對於南京不熟悉，所以能一針見血，說得中肯，儘管是「第一個感覺」，他這感覺確甚正確，值得珍貴。從這一點，我們可以知道第一個感覺是最客觀的，也最標準的。例如用粗雜的草稿五字來形容南京，可謂絕妙了。我想，這一篇草稿終歸是要潤色的，只有在人民的手裏，才不使它粗雜下去的。

雲師（50-11-23）

說瓷（上）

說瓷器的內行是數得出來的：近人江浦陳亮伯《寂園叢書》中有好幾種，番禺許守白有《飲流齋說瓷》。算瓷器已有千年的歷史，有人說到唐代才開始的。現在江西、福建兩省治瓷最著名的地方，不過福建又不如江西了。這手續是用瓷土、黏土，或長石、石英作材料，把它研細沉澱作成坯子，入窰一燒便是粗瓷。加上釉，再入窰重燒，才是有光澤的細瓷。說這窰工，就可分別瓷的高下。《瓶花譜》上說：「古無瓷器，物皿皆以銅製之，至唐代始為瓷器；厥後有柴汝官、哥定、龍泉、均州、章生、烏泥、宣州等窰，而品類多矣。」想來這一個瓷字是唐後特製的，起初還假借磁字咧。

《格言要論》有好幾條說得很清楚。它談：「柴窰器出北地河南鄭州，世傳周世宗姓柴氏時所燒者，故謂之柴窰，天青色，滋潤細膩有細紋，多是粗黃土，近世少見。」又：「汝窰器出汝州，宋時燒者淡青色，有蟹爪紋者真，無紋者尤好，土脈滋潤，也是極為難得的。」又：「官窰器，宋修內司燒者，土脈細潤，色青帶粉紅，濃淡不一，有蟹爪紋，紫口鐵足，色好者與汝窰相類，有黑土者，謂之烏泥窰；偽者皆然泉，所燒者無紋路。」這三種製品，便是叫做「柴汝官」的了。

（50-11-24）

說瓷（下）

　　《春風堂隨筆》上說：「哥窯，淺白繼紋，宋時有章氏兄弟皆處州人，主龍泉之疏田窯。」《稗史類編》是講：「宋時有章生，生兩兒各主一窯，生長子所陶者為哥窯，以兄故也；生次子所窯為龍泉以地名也。皆青色濃淡不一，其足皆鐵色，亦濃淡不一，舊聞紫足，今少見焉。」至於定窯也是北方出品。《格古要論》說：「古定器皆出北方直隸定州，土脈細，色白而磁潤者貴，粗質而色黃者價低，外有淚痕者真，劃花者最佳，素者亦好，繡花者次之。」至於江西景德鎮這窯是始於何時呢？據它說：「古饒器出今江西饒州府浮梁縣。按江西大志：景德鎮在今浮梁縣西興鄉水土宜陶，宋景德中始置鎮，因名。以奉御董造元秦定本路總管監陶，有人命則供，否則止，明惠宗建文四年壬午，始開窯燒造，解供用。」我不知道曾經有人為景德鎮瓷窯作過志書沒有？這資料編存起來，倒頗有價值的。我對瓷器是十足的門外漢，不能掌眼辨別，然而看福建瓷是蛋黃色，比起江西瓷來，我就知道它差得多。過去玩賞瓷器是少數人的事，今後如何能為人民大眾的實用而服務，並且在這新方向上逐漸改進，這是值得注意的！當然這種藝術是我們這民族的一大產物。

　　　　　　　　　　　　　　　　　　（50-11-25）

談曼殊室主人

　　我寫了一篇〈梁任公另一劇作〉以後，余蒼先生在《亦報》上也寫了篇文字，他認為曼殊室主人不是梁任公，也許是任公介弟仲策，因為仲策的書齋，即用「曼殊室」。他對於我跟幾個朋友的考證表示懷疑。並提到任公先生不懂英文，而仲策是留美學生。這裏我想應該分別談談的。「曼殊室」的書齋名究竟是誰的？這是一個問題。寫《班定遠平西域》的曼殊室主人又是誰？這又是一問題。至於任公先生對英文的程度如何？這是附帶一問題。在《平西域》劇中用的都是幾個英文單字，還不如日語用的多。我跟任公先生早年讀過幾堂課，他這樣的英文程度是有的。當我得到這劇本時，曾託我的弟弟問過梁任公的長公子思成先生（在李莊營造學社同事），他說：「那時我們住在日本，彷彿有過這回事，我父親寫過一齣戲，出演過的，是不是即此戲？卻不敢說了」這戲為留日廣東學生而作，是不成問題的。仲策是否也住過日本？我未便肯定的說。「曼殊室主人」是任公先生在署「飲冰室」時，同時也用過。我疑心後來這書齋名歸之介弟，也是可能的。仲策先生現在該還健在，能由他自己證明一下，是再好沒有的了。不過我始終還是相信此劇為任公遊戲之作，並不因仲策也用曼殊室而懷疑。原因是這一個劇本的筆調，似乎不像仲策的，雖然我只讀過他的《稼軒詞疏證》。

飲虹（50-11-24）

也談皕忍堂

　　這真是再巧不過的事了。我剛在陡門橋地攤上以一萬七千元買了一部殘本的皕忍堂所刻《開成石經》，有一本《周易》，一本《公羊傳》，兩本《孟子》，都殘缺不全。恰巧《亦報》寄到，就讀到十山翁談堂名的文字。這位長腿將軍真是怪人！把張公藝的百忍加上一倍固是令人不解；他這一個不會寫字的人，居然親筆在這書上寫了一篇序。在二十五年前，我就聽過，這序是楊晳子寫的，他用油紙蒙著描了一份。可笑連那數目的「數」字筆劃還沒有描寫來周全。這一巨部書裏面是照石刻摹下的，所以雙鈎字很多，當時所費的錢一定不少，他居然肯幹這個，也可謂「怪」了。那時又聽說：他一位部下，大約是位師長，問他討這部書；他將眼一瞪，道：「老子刻這書為的出名，你跟我一樣的老粗耍槍的，要它作甚！老子不給你！」

　　的確，這書刻印得太講究了，他根本不知道刻此書的作用，只要出名而已，怕印的就不多，所以殘本我也要買來看看。

雲師（50-11-24）

鍾離權考

偶然翻看郭沫若先生的《南京印象》，他說碰到傅孟真打著赤膊，從後房走出，手裏拿著一把蒲葵扇，和他有點發福的身子兩相輝映，很有點像八仙裏面的「韓鍾離」。說起這「韓鍾離」一作「漢鍾離」，他是什麼時代的人？他究竟是怎樣的一個人？是在八仙中最怪的一個。《潛確類書》說他「以裨將從周孝侯敗於齊萬年」，似乎該是晉時人。而歷代神仙史說他是漢燕台人。並且仕漢為大將，兵敗時逃入山谷，有胡僧引他至東華先生成道處，見一老人披白鹿裘，扶青藜杖而來，說：「來者非漢將軍鍾離權耶？」他於是從老人受長生真訣，金丹火候青龍劍法，從此束雙髮髻，衣槲葉，自稱「天下都散漢」了，後來成為北宗第二祖。但集仙傳說他不知何許人，唐末入終南山。在《全唐詩》卷三十一，收他的詩三首，附傳說他是咸陽人，遇老人傳仙訣，又遇華陽真人上仙王玄甫傳道，入崆峒山，自號雲房先生，後仙去。詩就是「坐臥常持酒一壺，不教雙眼識皇都。乾坤許大無名字，疏散人間一丈夫」等。可是《宋史‧陳摶傳》：「陳堯咨謁摶，有雙髻道人先在座，堯咨私問摶，摶曰：鍾離子也。」這樣說他又是宋時人了。不過，鍾離是他姓，權是他名，這說法大致不差，沫若先生所說韓字，似乎還該作漢。但亦未必果為漢時人耳。

飲虹（50-11-25）

莊頭

我是從小在城市裏長大成人的，對於農事實在不懂什麼；我家又無田地，使我接近的機會更少。在四川住過十年，看見川黔區一帶梯田，比江東這一掌平的田疇大不相同。我所以能瞭解農民生活的實況，還是這十年裏的事。不過，我的不滿意那些大地主，還是從小說上看來的；我當時最不懂的就是莊頭制度。他介乎地主和佃農之間，似乎剝削得更厲害，他又不勞而獲；最使我難忘的是《紅樓夢》中那榮府的莊頭烏進孝，賈珍賈蓉父子忙展開那單子看，上面所寫是：大鹿三十隻，獐子五十隻，麅子五十隻，暹豬二十個，湯豬二十個，龍豬二十個，野豬二十個，家臘豬二十個，野羊二十個，青羊二十個，家風羊二十個，此外魚、雞、鴨又有每樣二百斤或二百隻；熊掌、海參、鹿筋、鹿舌、牛舌、蟶乾，和果品、柴炭都不在內，再說米就有：御田胭脂米二担，碧糯五十斛，白糯五十斛，粉秔五十斛，雜色粱穀各五十斛，下用常米一千擔。又折銀二千五百兩，烏進孝還口口聲聲說年成不好，請求原諒。據說寧府那八處田莊，比這又多好幾倍。

我們只看這莊頭的手筆，就可知農不堪命了。我不知道後來的莊頭比烏進孝這單子送的還複雜的有沒有？我對這方面的情形太不清楚了。

雲師（50-11-25）

甘羅與貂蟬

　　有許多在民間慣用的故實，它的來源是出於戲文的。例如《轅門斬子》戲詞中想到「秦甘羅年十二，身為丞相。」於是凡說一個人小時成功立業的，便以甘羅，為榜樣。實則這也有點問題，雖然杜牧詩：「甘羅昔作秦丞相」，《北史·彭城王淑傳》：「昔甘羅為秦相，未能書。」《儀禮》疏：「甘羅十二相秦」，這些似乎都有足據的，因此俗說：「甘羅十二為丞相，包公十四判雙釘。」不過據〈甘茂傳〉：「羅年十二，事秦相呂不韋，以說張唐說趙功，封為上卿。」甘茂是丞相，羅是上卿，當然算不了丞相，而一般人所口熟耳詳的，皆由於戲文；不獨上卿丞相之差，就是沒有變成有的都可以。再以貂蟬為例，故事出在《三國演義》，但在「鳳儀亭」上演出來，貂蟬便是活靈活現的了。董卓傳是這樣說的：「卓嘗使布守中閣，布與卓侍婢私通。」李長吉作的〈呂將軍歌〉，有「榼榼銀龜搖白馬，傅粉女郎大旗下。」他所指的傅粉女郎是不是就是那董卓侍婢呢？有人說：《漢通志》上說過：曹操未得志，先誘董卓，進刁蟬以惑其君，刁蟬是不是即貂蟬呢？看過戲文的人一定相信貂蟬這個人是有的，因為都親眼看過的。

（50-11-26）

吃醋

　　到北方飯館子都把醋叫做忌諱，足見公開吃醋是夠不名譽的；南北都有這種說法。究竟吃醋是個什麼意思？它始於何時？有人說出自明初，常遇春（也許是別人）怕老婆，因無子要納妾，其妻不允；於是朱元璋出來幫忙，叫人放一大碗醋，召常妻來，說這是毒藥，要麼你允許他納妾，不然將此喝下，誰知常妻一口氣喝乾了，進口甚酸，結果並未送命，說這是吃酸的起源，我疑心始於明初未免太遲了。《通俗編・婦女類》有：「在閣知新錄，世以妒婦比獅子；《續文獻通考》：「獅子日食醋酪各一瓶，吃醋之說殆本此。」如此說來吃醋是獅子，不是人了。說到獅子，不過援附蘇詩：「忽聞河東獅子吼」這一句，便指陳季常是怕老婆的典型人物了。如果說「妒則心酸，酸則有如吃醋」，繞一個彎來說，未嘗講不通的。我記得《堯山堂外紀》上記關漢卿看中了隨嫁的婢女，於是填了一支〈朝天子〉，收尾的兩三句是「若咱，得他，倒了蒲萄架。」關妻一見，也題詩一首：「聞君偷看美人圖，不似關王大丈夫。金屋若將阿嬌貯，為君唱徹醋葫蘆。」可見金元之間，早就有這話了。至於「倒蒲萄架」這一句話，有人注云：「蒲萄未熟，架倒則滿地流酸。」吃醋本用之男女，現在凡是形容妒忌的，皆可用它了。

飲虹（50-11-26）

毽子

踢毽子的季節又到了。我家的小朋友們一個個都備好了毽子，能踢上百的已就不多，至於翹、挑、環、剪、鞋臉兒、歪頭兒，五花八門玩得周全的更是難得。我沒有接觸到廣大的兒童群，還不敢論定；但就我家孩子說，他們的毽技，不如上一輩子了。這原因是可推測的，因為從前的孩子只有春天放風箏，冬天踢毽子；現在的小朋友，遊戲的方法與機會卻多了。當然他們不會專工毽術的，然而就毽子論毽子，我認為比風箏好，放風箏只可增加肺活量，而踢毽子能使全身血脈流通。那一套武的翹、挑、環、剪嫌過於劇烈的話，還有一套文的翹、挑、環、剪比較溫和可行。我自恨小時候沒有把毽子踢好，現在看小朋友們踢毽子，我一方面羨慕，一方面還勸他們加油。我願意參加他們的比賽，雖也只能踢個十來個，然而他們看我來加入，非常起勁，這也頗能收鼓舞之效的。

雲師（50-11-26）

琺瑯之誤

　　我寫了一篇〈《紅樓夢》提到的國家〉，主要的目的
是在提出「真真國」來求一答案。我記得書中所提曾有幾
個國家，翻到「金雀裘」立即看到俄羅斯，再一翻見西洋
法瑯字樣，我想這一定是法蘭西，所謂「想」實在沒有深
「想」，等執筆寫下來時，曾想起「琺瑯」來，可是通常寫
作「琺」，不料更寫作「法」了。此文字上的岐異，竟使我
打消顧慮了。多謝勤孟兄跟讀友盧謙庭先生的指出，我再查
考一下，也許琺瑯之得名會因國名而起呢？但查考的結果，
根本這字源不是那回事。它是一種不透明的玻璃質的物體，
以鉛丹、硼砂、玻璃粉等鎔製而成，色白，並可和以各種彩
色，塗於金屬器物裏面，以為裝飾，並防銹蝕。景泰蘭當然
是做琺瑯的；至於人齒上的琺瑯質也是生理學名辭，非因國
名而起。因兩位的見教！我又弄明白了琺瑯的名實。我那文
中又掉了一種波斯國貨，在此也可附帶補入。至於勤孟兄說
是篇有趣味的考證，考證二字實在不敢當，趣味倒是有的；
我所希望的還是對真真國的這一問題底解答，就是揣測懸擬
也是好的。好在現在我們有了錯誤，立時會有讀者或同文指出
來，我們不患有錯，有錯即行更正，這是很可令人興奮的事。

（50-11-27）

虎丘題名

　　蘇州的虎丘，舊時留有不少宋人題名，現在保存的不多了。有人曾發現過詞人賀方回的題名：左行前一行，別列「賀方回」三字，後五行：「賀鑄王防弟枋蘇京侄餘慶大觀戊子三月辛酉」一共存二十二字。據說字大如盌，淺刻苔侵；志乘從未收採，金石家也沒著錄，何以幾百年來竟無人見到？我往虎丘覓過，覓來覓去，就未看到。後來才知被「白蓮池」三個隸字遮蓋了。我對這位「梅子黃時雨」〈青玉案〉詞的作者極感興趣，他是河南衛輝人，據說是位邋遢頭，這詞極為黃山谷所賞；他住過蘇州醋坊橋，相傳在盤門外橫塘有小築，所以他詞中提到「橫塘」，虎丘的題名應是他寓蘇時事。《宋史》是說他「尚氣使酒，不得美官，悒悒不得志，退居吳下。」我記得吳嘉淦那首「慶湖遺老擅詞名」的詩，有云：「不遇知音王介甫，人間誰識賀方回？」原注說賀氏「少為武弁，以定林寺一詩見奇於王介甫，遂知名當世。」他以詩不以彈，見奇於王安石，又見賞於黃山谷，既不附王，亦不附蘇，能置身元祐那政治糾紛之外，他這幸運是過於呂惠卿秦少游的定林有詩，足見到過建康，不知在建康（就是南京）也有像虎丘這樣題名沒有？

　　　　　　　　　　　　　　　飲虹（50-11-27）

婦女的年譜

　　蘇州葉調生的《吹網錄》，說起瞿式耜的孫子昌文為他的母親陳夫人作年譜，他說：「考之往古，婦人未有年譜傳者，昌文此作，不知所本？似是創例。」常州的陸繼輅為他母親杜太孺人也作過年譜，並且說：「婦人之有年譜，遠無可徵，惟乾隆初，博野尹會一嘗為其母李太夫人作年譜，而桐城方苞序之。」這說明陸母的年譜是援尹母的年譜之例；他們都不知道明末清初有這瞿母年譜。我的意思不是因為婦人作年譜的少，而這些年譜便覺可貴，其可貴處在這批材料可以反映史實。例如從這陳夫人年譜，我們知道瞿式耜的一些軼事，當瞿家添蓋廂樓時，那樓下本無門的，有位楊碩甫，替他開了門，並題云：「留汝一門」，後來式耜在桂林被殺，果然還傳下昌文一支。這說法雖有點迷信之嫌，多少知道瞿家的情形。另外錢謙益和柳如是對瞿家「賴婚」的糾紛，因柳與陳夫人爭「身分」；這是從前人不知道的。我們要考察那封建社會的情況，借鏡於婦女年譜過於一般男性的年譜，所以聶雲台母崇德老人年譜，早年大受讀者的歡迎。就是早些年那般名女人也未嘗不可作年譜，只要忠實的記載下來，未嘗不可供他日研究舊社會史的材料用，只怕捏造虛構，本身就不足信耳。

（50-11-28）

喘月吟

　　歙縣詞人洪澤丞（汝闓）的《勺廬詞》，早年在北京就印行了的。在抗日期間，他有一卷未刊稿名《喘月吟》，計〈水調歌頭〉四十首，於他生平學術志趣，行誼交遊，都可以看出來，當然說它是東南淪陷期中的史料看亦無不可。他曾寫交蔡嵩雲先生，蔡先生為它逐首作注，在洪氏歿後，又轉寄給我。我愛其中的一首，就是洪氏反對「美國文明」的見解。詞云：「西來賈胡客，碧眼短衣褕，畢生追逐物好，泉貝演成書。晚出白圭新語，要使民財同聚，貧富取無殊。擾擾貨殖學，奔兢未能除。大道廢，有仁義，況屠沽。胸襟倘無靈氣，致用術終疏。膏火煎熬自害，人與國家一例，同等盡濡需。言利不盡利，吾欲問黃虞。」蔡先生說此詞指貨利之說，用之不善，反滋紛擾。洪氏此種看法，當然還不夠「鞭辟入裏」，然而他鄙棄這「言利不盡利」的美帝，早在十幾年前了。蔡先生稱：「洪氏治詞能融合南北宋之長，於東山、片玉、白石、夢窗諸大家均能窺其堂奧；是編獨以稼軒筆法寫之，極嬉笑怒罵之能事，機抒與平時迥異。」在我看來，《喘月吟》是一部以詞作論的書，是前人所未有的道路。

飲虹（50-11-28）

失竊記

　　由於響應募集寒衣運動，救濟皖北的難胞，我也曾盡了心力，將一些不必要的棉襖等都捐獻出來。我有四個孩子在外服務，他們每人留下一件棉衣，這是他們要穿的，便收在皮箱中。昨天，一個瀟瀟的雨夜，不知哪一位「君子」逾垣而來，一下就把四件棉衣取去，並且用我房間的門簾作了包袱。老妻認為「財去人安樂，活該破財，那個孩子回來，只有設法先替他或她補縫一件。」至於這門簾被竊，我當然立時感覺到迫害，因為受不住這一口寒風日夜的吹，最好立時要補做，但那裏有這一筆意外支出的款項呢！很想在大門上貼一告白，徵求一個門簾，最好是原物送來，當面議價，備費收回。家人都笑我癡：「那裏會有此事！」

　　我只怪自己常識缺乏，對於「偷風不偷月，偷雨不偷雪」的「偷竊理論」太不懂了，以致事先毫無防範。其實，那一位要不是必需，我想絕不肯貿然光降，在他，冒險也是不得已的事。所以我當時捐獻不多捐兩件？使我失去門簾，也分嚐難胞一點苦味！想到這裏，我倒也坦然了，門簾的補製只有俟之異日；一方面希望那位「君子」不要再冒第二次險！我是自愧不如王獻之的，當然棉衣門簾也非青氈之比。

（50-11-29）

老旦的唱

　　在京戲角色中，老旦的音色與一般女角不同，這是很值得研究的。因為老旦的唱，不獨異於青衣花旦，而且跟老生相近。說它相近，只是相近，這裏面的差別是有的，我在發現它們的差別時，似乎我對於京戲已相當的具有欣賞力了。朋友中唱老旦有譜的要數老舍先生。我們同住在北碚時，聽他常哼上兩句〈滑油山〉或者〈釣金龜〉。從前龔雲甫在南方來演唱時，我倒聽過幾次的，不過我只覺得他唱得好，如何好法？我是說不出的。就是現在，我也只能直覺到老旦的腔，跟老生的腔不同，似乎老旦的口勁比老生來得乾脆些，在拖音中表現得很清楚的。例如老舍唱的那「小張義，我的兒啊！」在「兒」字上我就體會出那是一個老婦的口吻，而不是老翁的聲口，我說不出所以然，而只是直覺罷了。我覺得這腳色的建立也是很有趣味的。一個娘兒們在中年以後，她就漸漸的男性化了。這不是跟男子在少年時有些女性化一樣嗎？所以小生跟老旦這兩腳色是可以對照的。在元劇中老旦多寫作「卜兒」，這是「娘兒」的省文，第一步省成「奼兒」，再進一步連女旁都省掉了的。

飲虹（50-11-29）

桃李滿天下

　　看過蘇聯教育影片桃李滿天下的人，對於那位鄉村女教師沒有不受感動的，也沒有不崇敬的。我的一個女兒在復旦大學學教育的受此影片的影響，決定以辦鄉村學校為志願，至今還在鄉下任小學的事。在中國也不是沒有像蘇聯那女教師的，如我的一位姨母，夏葆初先生（徵琬），她在民國初年女師卒業後，一直在小學服務，到現在差不多四十年了。抗日戰爭期間，她在後方仍然不肯離開教育崗位，任何優厚的待遇，任何茹辛含苦，她從不肯改行，她是個少年寡居，苦她是不怕吃的。解放以後，文教當局仍然借重她，請她辦一所小學，她雖然是近六十歲的人，她自己肯學習，做事肯負責，十一月二十三這天，突然因心狹症死了，在死前的半日，仍然力疾到校。我女兒說：姨祖母的精神是不愧桃李滿天下主角的。實在她的桃李早已滿了天下，我借這影片的題名，志我哀悼的意思。

雲師（50-11-29）

閒話《西遊記》（上）

　　我有四部愛讀的書：一是《水經注》，二是《洛陽伽藍記》，三是《慈恩寺三藏法師傳》，四是《長春真人西遊記》。別的不談，單說元邱處機的這一部《西遊記》，常常跟明吳承恩那《西遊記》小說，混為一談；其實內容是兩回事，根本不相涉。此書上下兩卷，較為普通的有「連筠簃本」和中華書局「四部備要本」。作者是邱門弟子李志常，道名真常子。稱邱處機為父師，長春子。處機字通密，登州棲霞人。從他住萊州昊天觀說起，奉了成吉思皇帝詔旨，由侍臣劉仲祿懸上有「如朕親行，便宜行事」八個字的虎頭金牌，請邱真人西行，李志常跟著去，一路為他記載；直到歸途在寶元示疾，七月九日坐葆元堂歸真為止。所記西域道裏、人物、風土，都很有味。以往是收在道藏中的，毛大可據《輟耕錄》以為邱自作，因他未見此書，所以弄錯。錢竹汀看到它，並為著回曆推算，邱死在丁亥年七月，正是跟元太祖一個月裏死的。我何以愛讀它呢？為的記中的七言律詩最好，康有為老兒的詩，就是學它，不獨傚它筆勢，而且整句的剽竊。這書跟《說唐三藏西天取經》，完全無涉，一僧一道，原是兩部書。

（50-11-30）

閒話《西遊記》（下）

　　唐僧取經的那一部《西遊記》，是淮安吳承恩作。吳氏的《射陽先生集》，我也看過的。這小說與三藏法師傳很有關係，傳共三本，第一本最精彩；似乎吳氏所根據的不是傳，而是元吳昌齡的《西遊記》雜劇。元劇中《西廂》跟《西遊》，我所稱為「二西」的；一個五本，一個六本，是雜劇中兩個特例，通常是一本四折而已。什麼孫悟空，豬悟能，沙悟淨在雜劇中已出現，後來又成了小說中人物；這是傳中所無的。至於這猴子故事，像是從印度那「銳瑪銳拉」所謂「大戰書」演變而來。妙在使猴豬等等都「人化」了。

　　在楊東來批本沒發現前，我們只看到《納書楹曲譜》中所取的「揭鬼子母缽」那一折。小說的中心是敘述九九八十一難的遭遇，那麼神奇的一個齊天大聖，只是翻不出如來的掌心，可見它是如何的為佛教張目！後來的「安天會」那一些戲曲，反而取材於小說，不是根據雜劇的。我又看過雍正年間沈氏詠風堂鈔本有一冊《後西遊記》，一名《陰陽二氣山》。把唐三藏改成唐半偈，孫悟空改成小行者，豬八戒改成豬一戒；還有什麼孤陰獨陽等的荒誕不經理論，那更不成話說了，一共是十二齣戲，這與「無底洞」演西遊故事同樣的荒唐。說來說去，總不如吳承恩的小說還算好的也。

（50-12-01）

高昌探古

　　那一年我在迪化遇到韓樂然先生，他正在新疆這文化寶庫中，作臨摹壁畫與挖掘工作。我回來不久，可惜他在東歸飛機失事，竟以身殉藝術。可是他在高昌探古有日記，曾交給我。這古高昌國所在，就是現今的吐魯番。他由吐魯番先到勝景。看幾處唐代洞式廟宇，向南去十五里，那高昌遺址的廢墟就到了。東邊、東北、西北都靠戈壁，虧著遇了四十年前幫助德國考古隊挖掘的幾個老農。因此才挖到古墓，每挖五尺長三尺深的地方，左壁就有墓誌，墓道約長三丈，由線伸進至墓門，約兩丈深。墓誌是用紅筆寫在方磚上的，不過是死者姓名、籍貫、年齡、官階以及年月日而已。發現高昌的延昌、延和年號，還有唐代貞觀、乾封、咸亨、開耀、開元等八塊。墓內方形圓頂，有男女木乃伊各一，從流沙侵入洞內看來，可能是被盜過的。男木乃伊身長七尺，女木乃伊無頭而身長五尺六公寸，一具是黑髮黑鬚，餘則毛髮為棕黃色，不過墓誌皆漢字，樂然原文較詳，摘要只能如此，由吐魯番他又往牙爾湖那古車師國，看一看壁畫，就往古龜茲國，即現在的庫車方面去了。

飲虹（50-11-30）

《西廂記》元刊本

　　《西廂記》最早的刊本，據我所知就是元刻，金時有沒有刊過？不敢妄測。當然這是指王實甫（德信）的《西廂記》而言。那一年，向覺明兄（達）從敦煌路過蘭州，看到這元刻的西廂記，剩的葉數已不多了，被書坊取來襯另外一部書，覺明對我提起那人家，我曾牢牢記住。在一年多以後，我到了蘭州，特地尋覓，可惜未能寓目。說到明板，那就有好多部，關內公私藏家都有的是。那弘治本是不是海內孤本？也不敢決斷，只怕未必「孤」的；至於正德後，隆慶萬曆都有刻本，我雖未能列目，想來至少夠開一書單的。我還曉得四川廣安賀公符家有一部玉茗堂藏的鈔本，那是董解元的《弦索西廂》跋中說：「董解元名朗，金泰和時人。」何奎垣先生看到，由廣安打個電報給我報告，我歡喜了好幾天，因為董解元的名兒是從來沒有人說出的。我曾託何先生向賀家商量給我錄副，可惜一直沒有去鈔，至今心裏未嘗不耿耿的！

雲師（50-11-30）

魯特甫拉

　　我對於新疆維吾爾文化現狀的一點的瞭解，是由於黃震遐兄的介紹。他說起木塔里甫‧魯特甫拉，這一位死去不過五年的青年作家。他是一位天才，一道激流，一陣風暴。他的筆名是凱南，就是水花的意思。他是伊寧中學的學生，後來轉入迪化省立師範學院，畢業後是《新疆日報》的維文編輯，在阿克蘇分社服務的，這樣就死去，不過二十歲。震遐說：喀什是維族故都，也是阿剌伯波斯文化的發源地；伊犁好比新疆的上海，是西方文化流進來的陸港。魯特甫拉是生在伊犁的，他的代表作叫做《青牡丹》，說伊犁一對男女受滿清官吏壓迫而死的故事，充滿悽愴，也充滿熱情。他沒有受過古典文學的薰陶，震遐說他是新疆五四運動的急先鋒，他是新青年的代表，他這水花是在痛苦中生長，在動亂中死亡的。在今天新疆已揭開時代的新頁，而他可惜不及見了！現在另一位青年詩人阿黑麥提齊亞，那個在喀什長大的，與他的路線就不一致了。比較起來魯特甫拉是進步的，不知阿黑麥提齊亞能不能走上魯特甫拉的道路，而來領導新新疆的文化，這是我所最關懷的事。

飲虹（50-12-01）

91

貫神點主

從前人家辦喪事，立「神主」這件事都認為不可省。死者有了神主，就取得作祖宗的資格；這神主有兩種成立的方式：一是子孫求主，一是請人點主。點主怎樣點法呢？就是墨筆寫好某某人之神主，點者用朱筆在王字上點一點，再用墨筆加一點在朱點上。當然各地風俗不同，湖北在點主時，還要貫神，就是神王之神字那一直，也不寫好，照點主方法由點者補那一直。點時要經過凝神、想像，還有望東南方呵生氣等名堂。點者的資格照例是不找任過刑兵兩部事的，因為刑兵的官所用朱筆都是殺人物，所以在禁止之列。最好是翰林出身任過考差或學官的，所以那些年朱古微先生在上海，幾乎成了職業的點主者。進入新社會，此舉當然日益減少。請問補那一直，加那一點，又怎樣就可使其人精神永存呢？未免太唯心的了！這一定要廢除的。

雲師（50-12-01）

宋平子

在我少年的時候，讀過章太炎的一篇文字，記他的朋友宋平子。事隔多年，別的已記不大清，只有「五六月著棉鞋」這件事，倒還有很深的印象。後來從平子先生的幾位鄉人（浙江平陽）做朋友，聽他們說起了他！尤其是蘇淵雷先生為他作評傳，又搜輯他的遺集；我有機會從容讀它一過，然後我對宋平子的認識才清楚一點。平子先生原名存禮，改名恕，又改名衡，所以才取平子為字。據說他出生時，他的尊長夢燕子飛來，故小名燕生。十六歲上中了名秀才，後來遷家瑞安；跟著他丈人孫鏘鳴在上海龍門書院，又到南京鍾山書院，都是幫著看課卷。杭州求是書院成立，他是漢文總教習。朱古微先生薦他經濟特科，因母喪沒有應，但是往日本旅行一次。宣統二年，他就是死了，不過才四十九歲。他的著作有《高議》、《卑議》，當時認為是過激之論。他攻擊理學是：「洛閩禍世，不在談理，而在談理之不公；不在講學，而在講學之不實。」他跟譚嗣同、章太炎都有交情，彼此都受有影響，可惜這一位時代的先驅者被煙沒了很久，也許現在給以評價，他的見解還在譚章之上咧。

飲虹（50-12-02）

拾煤塊

　　冬天來了，看貧苦的孩子們清大早上沿門挨戶的撿拾煤塊，因想起汪醇卿的〈都門消寒〉詩來，他歌詠北京的拾煤塊孩子：「朝拾煤，充晨饑。暮拾煤，防霜威；富家門前土一堆，貧兒掇拾無遺灰。可憐殘煤沍冰雪，凍指爬搜僵似鐵，撿拾零星指流血。白面誰家郎，怒馬衝街坊。貧兒饑寒立不定，彳亍避馬扶傾筐。郎君那解貧兒意，笑入茶坊待開戲。」現在看來似乎不夠通俗，同情表現得也不夠；可是早這些年有此作，也算不錯的了。還有〈水蘿蔔〉，寫冬夜賣水蘿蔔的那麼寒冷，心中急著明天全家沒有米，買蘿蔔的還嫌它貴，真是說不出的苦！在那年代寫消寒詩能取到這些題目，真是難得。比杜少陵、白樂天的新樂府讀起來易於感動，這是因為時代接近的緣故。

雲師（50-12-02）

雪

　　我在一個四季長青，從來沒有看過雪的地方，住上好幾年。似乎我該感覺舒適的了？不，起初倒好，不冷又不熱的；然而兩三年後，冬天來了，我偏偏想看看雪。左一年，右一年，又忍了好久；在有一年冬天，我向川陝公路進發；到了寧羌遇到大雪，看一片白茫茫的雪景，頓覺眼明胸暢，不覺張開兩臂，叫道：「好一場大雪也！」我不是愛雪，因為在冬天沒有冰天雪地的風光，彷彿就沒有盡了冬天的義務和責任。最近我岳母老太太攜帶她的兒孫從重慶回來，她這些孫子多半是重慶生長的，當然他們認為冬天也還是溫暖的，可是回來才兩天，忽地落雪了，這雪花雖說不上大如拳，但一片片鵝毛似的下個不停。今年恰巧早雪，農曆還是十月咧，孩子們冷得直是哭，這孩子叫：「天好冷啊！」那孩子問：「天上掉的些什麼呀？」大一點的孩子說：「郎格這樣冷法！川娃子受不了啦。」雪落了一天，還不能引起他們的興趣。因為他們只守著火爐不敢到門口去望一望，我對他們說到這時北方的孩子們正在滑冰，穿著冰鞋在冰上直打轉轉，那是多麼好耍的！可惜他們不曾看過溜冰的影片，所以無此印象。我說：「再過些時，你們一定像我一樣的歡喜看雪景了。」

（50-12-03）

國粹與國糠

四五十年以前，曾鬧過什麼「國粹」問題，一時弄得烏煙瘴氣，異說紛起。多虧宋平子作了一篇〈國粹論〉，他提出「國糠問題」；話說得很妙：「茫茫世界，既尚未有純樂無苦之社會，自尚未有純粹無糠之社會；學者方寸中，固不可不懸國粹之一名詞，然豈可不兼懸國粹之反對之國糠之一名詞歟？」他認為不獨是國，便是族也有族粹、族糠，省道府廳州縣，甚至一城一鄉，也有它的粹，它的糠。至於國粹必偏於各族各地，那才是真的國粹，否則是族粹，省粹……。他對這國糠分作兩種：一是謀棄的，如訟跪審，還有族糠中的童養媳等。一是謀棄盡的，如國糠中刑審逼招，族糠中令女纏足等。他高呼：「解決哉！解決哉！亦解決於眾而已矣。」他的見解已具有朦朧的民主的淡影，他在封建社會中算是進步的分子；不像辜鴻銘把男子的髮辮，女子的纏足，跟八股都算做國粹的。

宋平子先生不但在「國粹」名詞相對的提出一個「國糠」來，而且他為男女平等也呼籲過，他也有論女子教育的文章，他把賢母良妻和平權說成「不相反而相成」，也不是無見解的。至於他所提的「國糠」，現在大半已掃除了！我們大家現在所工作的，正是要肅清這些「國糠」。

飲虹（50-12-03）

96

鍾相

　　韋宜先生在〈西瓜炮轟五羊城〉中，談起馮雲山對岳飛的一個看法。這幾句話講得很乾脆！就是宋高宗秦檜都是漢奸，岳飛也不過是地主的爪牙；只有鍾相楊么還算為人民而革命的。關於鍾相，他的生平記載在徐夢莘《三朝北盟會編》中。說他是鼎州武陵人，自號老爺，亦稱天大聖。自說有神通與天通，能救人疾患。主要的當時的法分貴賤貧富，認為不是善法；要行他那等貴賤均貧富的法才行。一般人民都信從他，差不多活動了二十年，「拜爺」的人已達四十萬了，於是在建炎四年二月十七那天，在鼎澧（現在的湖南常德）起義，凡官吏、儒生、僧道、巫醫、卜祝，只要殘害人民的人，都要在殺戮之列。指斥國法是邪法，用劫財來實現均平制度，他們的意志很堅強，病者不許服藥，死者不許行喪，大家信服他，認為所行是天理當然的事，所以他這股力量是不可侮的，可惜時代所限不能有更好的理論來號召。然而要沒有他，那裏會有楊么呢？

雲師（50-12-03）

花的溫室

　　差不多三十年沒有到蘇滬一帶的珩弟，他在重慶做開業醫師已十多年，剛從重慶東歸，我便陪他到了上海。經過蘇州時，他感想很多，這點和我相同，因為我們都是在這塊兒住過家。今天，從車窗望見，在虎丘塔影下遠遠近近不知有多少暖房，正確一點說就是花的溫室。他看到很驚詫，在我也覺得新奇。心上不免聯想到鄭板橋詠揚州的詩，所謂：「千家養女先教曲，十里栽花算種田。」我們朝著這些溫室望，一直望到看不見的時候。可是，到達上海，就碰到一位蘇州朋友，經他一解釋，知道今年是玳玳花的豐收大年。這些溫室所培育的大半是玳玳花，還有一半是白蘭花；玳玳花是跟茶一樣的飲料，而白蘭花是作香料用的。這也算是生產事業，我拿它當作二百年前揚州作風，這是我歪曲了它，因為沒有瞭解情況，幾乎發生誤會，但珩弟還決定往蘇州走一趟，向溫室調查一下。對於這些有裨實用，不只玩賞的花，實在應該去看看的。

（50-12-04）

阿爾斯頓的意見

美國還有文學麼？提出這問題可用他們自己的話來作答案的。那個號稱美國浪漫主義的批評家、文學理論家布魯克斯，他在美國還享有資產主義叛徒，跟自由思想底浪子的頭銜的。早年那一本《馬克吐溫的考驗》裏，就說明真正藝術的利益，與美國財閥政治的利益是無法調和的。他並且肯定地說：「美國這種原始的商業社會，除了物質的聲望和物質的增殖之外，沒有別的理想。」他進一步認為這也是全部美國文學的悲劇。請問那一個作家不像馬克吐溫這樣跟他們的資產階級妥協呢？就是布魯克斯自身也不例外。

在一九四〇年間，布魯克斯發表了〈阿爾斯頓的意見〉，他在這篇「大作」中說：「美國文學的任務是把美國現存社會制度和政治制度的理想化、浪漫化！」他想把美國社會，寫成了大富翁和窮光蛋共同享樂的遊戲場。但結論，他也不可否認的：「這『樂園』依然是叫人失望的所在！」即以他這一套把「美國資本主義」用文學來浪漫化的綱領，終於是「浪漫」而已。美國還算是有文學的國家麼？我是不敢相信的。

飲虹（50-12-04）

楊么

　　楊么就是鍾相的繼承人，宋代鼎澧逸民有《楊么事蹟》
二卷，此書雖不傳，所幸岳珂採入《金陀粹編》、《百氏昭
忠錄》卷九卷十。據說楊么原名楊太，鍾相死時，它年紀還
輕，湖南人稱小為么，所以叫他楊么。他有兩位哥哥，楊
華、楊廣都很掌權，後來楊華投降了，楊廣死了，他便和黃
誠同做了首領並立鍾相少子鍾子儀為太子，但是宋朝、金與
齊三方面都知道楊么，偽齊劉豫還要封他為王，被他拒絕
了！那鍾子儀被黃誠要脅降宋，結果楊么也給黃誠出賣了！
岳飛在紹興五年平水寨，楊么投水而死，那黃誠割了他的頭
降岳飛的。現在京戲中王佐斷臂那王佐，我疑心就是影射黃
誠。不過章穎的岳飛傳又說到一個黃佐，這黃佐也是革命陣
營中的一個叛徒，也許王佐指的是也，總之，楊么是受了他
們的影響才失敗的。

雲師（50-12-04）

學俄文

　　學習一種文字，需要有決心，耐心和恆心。我們這一輩人從十歲學英文起，有的從小學（那時是高小三年）開始，加上中學（那時是四年），大學裏也要讀兩年；至少七八年，多的要十幾年，但是結果既不能隨意閱讀，更不會談話寫作，原因很簡單，正因為沒有自覺自動的發這願心，不過隨班學習而已。在熟朋友中，比較年長而從自修中來的，他的成績又往往過於我輩。我學過四五年的法文，也是隨班學習的，由於多年沒機會溫習，現在只記得百把個單字，其餘都還了教師。近年以來，為著想求取新知識起見！好多人都立下學俄文的願心；年逾七十的章行嚴先生，聽說學習很用功，我在北京時，他恰巧往天津去了，沒有問他學習俄文的情形以及最近的進度。可是我很動心，但又怕學得半途而廢，始終沒下這決心。最近我一位內弟從重慶來，他告訴我，他已費了一年的時間，記下俄文單字五千個，由讀音、記名詞、動詞、形容詞的字，單句，複句，然後看小故事，看小說，每天花四小時至六小時，所以在他的程度已能看《新時代》雜誌了。據他說我的那兒子也在自修著俄文，差不多才兩個月，他是從讀醫學書入手的，每一本書由字彙記起，他舅甥倆方法大同小異。我打算等健康恢復了，也參加他們學俄文的行列。

（50-12-05）

滬製御膳

　　去遊北京北海的漪瀾堂的人，一定要嚐一嚐那「御膳」，這就是用栗子麵做成的小窩窩頭。我今年北上，正在挖北海的時候，漪瀾堂雖也去了兩次，「御膳」並未吃到。昨天，牛馬走兄相邀，在「北京味」去嚐涮羊肉，飽啖一頓以後，大家還在那兒聊天，主人忽送了一盤「御膳」來，據說有人定了三百客，特地將這仿製品請我們檢定一下。座中有冒疚齋先生，他嚐「御膳」的資格最老，因為相傳這種小窩窩頭是在那拉太后由西安回鑾時才有的，八國聯軍到了北京，光緒與太后逃亡時，沿路沒有東西吃，有老百姓送窩窩頭給他們果腹，她覺得這滋味不錯，後來就製成「御膳」了。疚翁在光緒中葉就服官京師，當然對御膳早就知道，（也許在那時宮廷以外人還吃不到咧。）民國初年，在北海公開發售，疚翁一定吃過不少次的。他對「北京味」主人說：還要注意兩件事，一是太高了，太細了，外形有些差別，需要改正；一是還嫌有點苦，這麵也得再和一和。主人承教，答應明天重新再試。過兩天，這滬製的「御膳」，一定能與北海的媲美也。

飲虹（50-12-05）

醃菜與炒米

最近十多天，南京人家正忙著醃菜。菜價由每擔二萬二千元已落到一萬五六千元一擔了。醃菜的手續，第一步是曬菜，大街的兩邊已成了綠市，本報曾經報導過。菜曬了兩三天，就「打把」了，摘下菜心掛起，準備來春做「油不漬」吃。用鹽和石螺醃它一星期，最後就分壜過冬。南京這種醃菜跟四川的泡菜，並不一樣。泡菜吃個新鮮，一年四季隨時可泡，不像南京這醃菜必定在冬天。雖然，明年還可將它曬「乾菜」，或者炒「醃菜花」吃；六月心裏煨醃菜湯喝；這醃菜有的吃它半年，但弄醃菜只是這幾天的事，這時候，我就叫它做「醃菜時節」。以往還有一種迷信，就是借醃菜的好壞，卜來年一家子的命運；這當然可笑，然而南京人對此的重視可知！再過十來天，又要忙炒米了，就是買糯米幾斗，送炒貨店夾著細沙來炒它，將它存儲起來，以備過冬時泡著裹腹。一盤醃菜，一碗炒米，這便是十足的南京味。南京人的家庭，如果要說它有什麼特色的話，我一定要推舉醃菜和炒米。尤其本本分分的過日子的人家，對這兩樣是必不廢的，因為這兩樣是最節約的。

（50-12-06）

重提楊妹之謎（上）

　　早幾年，楊妹不食的傳說曾哄動了一時。結果反動政府的衛生行政部門以發現她的偷吃東西為詞，弄成了「不了了之」；這始終還是一個謎。據酆都地方醫院某醫師來滬談起，這其間有一段秘密，就是楊妹到重慶後，被偽政府一些行政人員拿她當作把戲耍，搬來搬去，有些吃不消。並有人建議送到上海來展覽，還有主張送美國去淘金的。甚至有人嚇她，說一定還要剖腹來看的。她驚怕異常，求計於她一位親戚汪君，這汪君就說：「妳要想回去，只要偷吃一點東西，他們自然會放妳。本來他們只知道玩弄妳，何嘗將妳當作研究的對象呢？」

　　這樣一來，楊妹就只得偷吃一些東西了，並且故意的留下痕跡在牙縫間，給發現之後，大家借此下臺，就說原來是一場假的，把早先那些說得若真有其事的，都一筆勾銷了。渝「衛生局」局長李之郁也跟著這樣說了，但李究竟是學醫出身，私下和醫師們談起卻另有一番話說的。

飲虹（50-12-06）

重提楊妹之謎（下）

　　某醫師又說：這楊妹的被發現，是十五年以前的事了，那時她才七八歲，她是忠縣石砫人，從小就不大吃東西的，但每天要喝水，這是事實；同時，她也從來沒有大便，只有一點小解。有人要介紹她到我地方醫院來；那時我站在醫生的地位，因為我絕不能相信有這種事，一個人怎樣不進食品還能生存呢？雖然我並未替她診察，我是絕不認為此事有何可能的。不想五年以後，她的不食之事居然轟傳全國；她到了重慶，我特地託汪君介紹去看她。我還知道一件事，就是她在聚集許多人的場所，空氣差一點的地方，如電影院之類，她坐一會兒就要變色的。怕她需要的氧氣比任何人多些。當時我們醫師會談，對她有兩點假設，一是有什麼生物寄生在她身上，也許一種是「公生作用」，還有就是一次進食料可以維持一個長時間，據說這例子在西方發現過的。楊妹這事既然沒有好好的研究出個結果來，於是變成了一齣笑劇。某醫師認為這還是一個謎，在研究高潮掀起的今天，不妨重提出這一個謎來，給醫學界同人來解決它。

飲虹（50-12-07）

馬占山印象記

我跟馬占山將軍見過兩次面，一次是在上海，那還是八一三以前兩年的事。他在白山黑水間苦戰已久，得不到蔣政府的支持，憤而來滬，他那清癯的身影，文秀的相貌，真像一個書生，談吐也溫文爾雅。我們雖不曾直接聊起天來，但聽他的陳訴，一肚皮的抑鬱，委婉的敘述，不像和他著一樣黑大氅的人，那般劣性。距此又七八年，第二次看到他是在重慶，在一個公共場所，也沒有直接談話，那時他分外的悒悒不自聊。他之不滿當時的現狀，是可想見的。他的一些後輩同鄉跟他接近的人，都說他是熱腸男子，他能及身看到收復東北，又經過解放，眼看新東北在建設，這兩年他的心情一定是愉快的。昨天看到報紙披露馬將軍的噩耗，又拜讀他的遺囑，他叮嚀他的子女要效忠人民。可惜這位老人不曾留下他的餘年，親自來為人民服務，而絕不得期望諸子女；我對此老人，益不勝其悼念了！

（50-12-07）

大曲與迷胡

前天，看到《文匯報》記載謝蔚明訪問程硯秋自西北歸來記載程氏對於調查研究與戲曲改革的談話，他提到兩點：

一是在喀什遇到哈西木，原文作哈什，案哈應作喀，提起這西域文藝寶庫喀什噶爾，當然是值得探討的；不過程氏所說「最了不起的是他會近似唐代的十二套大曲，我想這在全國也是第一人了。」這兒的近似二字是正確的，惟此二字也最容易被人忽略。但我所懷疑的，既然是近似又何以知道是十二套大曲呢？冒疚齋在《同聲》雜誌上曾刊有〈東鱗西爪錄〉證明十二套是早已不全了。程氏說到哈西木提過那庫車人，說他有九套可傳，惜此人已死。喀什庫車皆我舊遊之地，也曾關心歌舞史料的蒐集，惜不敢即斷其為唐代的遺產耳。

還有一點是迷胡戲，我也曾講過，該是郿鄠戲之譌，又名走馬子，本是陝西郿縣和鄠縣的土戲，由陝入甘，又由甘輸進新疆。我在《飲虹樂府·西域詞記》中提過，至於西寧的古子戲，就非我所知了。又我不知程氏在此七個月旅行之後，是否還有正式的報告？若有，我想一定會有詳細敘述，可供我輩參考的。

雲師（50-12-07）

證婚

　　最近因一位朋友的邀請，又作了一次證婚人；可是這一次是開了從來未有的先例，兩位當事人，男的是近五十歲了，女的也有三十幾歲。當我讀那婚書時，發現男方填的年四十二歲，而是光緒三十年出生的；真可謂「驢頭不對馬嘴」。我雖未便臨時「罷工」，然而這一次的婚證得很勉強，即席我聲明這是創例，因為以往都是為少年人服務，這一次的新郎是中年以上的人了。事後有位來賓指著喜幛給我看，原來是他女婿道賀這位「岳父大人」的「續弦之喜」，怪道新郎那麼不在意，穿件長袍，臉上也沒有什麼表情；而新娘又過分的作少女妝，披紗捧花，廝並在一起；有些不大像樣。據說他的成年的子女都出席的，前妻的兄弟也參加婚禮的。

　　我跟這一位新郎並不熟悉，但有相熟的來賓都在說：「今天感想很多！」究竟他們又有些什麼感想呢？都未說明：除了一位也是喪偶的朋友在鬧外，大家都不說什麼。我想：續弦當然沒有不可以的，似乎不必多此一番儀式！怕是出於女方的要求罷？我未便再問新郎，但這次的證婚，在我是覺得最乏味的！因為又有一位朋友悄悄地告訴我：為著這證婚不大好措詞，所以才找到我。這已是考試我的口才，並不是請我證婚了！

（50-12-08）

108

從二前到二邊

　　歐陽修說他的詩文多作在三上；一是馬上，二是枕上，三是廁上。不錯，有許多人在旅行時寫作特別多，不必在馬上揮毫，或者文章倚馬可待，只是一旅行，他的文思便會湧起。又在睡覺的時候，思想很易凝集，枕上便成之構思的場所，這二上我還能領會，至於廁上，我就不能體會了，因為我最怕大便秘結，從來沒有長時間坐或蹲在廁上的習慣。以往我寫作多是在燈前或酒前。在酒前都乘興的寫下來，較費思索的必於燈前為之。這二前，現在是革除了，酒早已戒除，晚工也改成了早工。至於寫作的內容呢？宋代那詞人張先就自稱是張三中，一是心中事，二是意中人，三是眼中淚。他這三中未免範圍太狹小了；而且感傷的氣味這麼重，在現今大時代實在不足取。就是我現在生活在小圈子裏，所寫的一是限於手邊所常翻著的書籍，遇有感發，便寫了下來；一是身邊一些瑣事。所接觸的只是這些人，所看到的只是這些事，當然這由於身體不大健康的緣故。我要能擴大我的天地，才有更多的東西可寫。目前我是健康第一，鍛煉好了我的身體。手邊的書，身邊的事，一定要跟著擴大充實的。我準備開拓我的生活底領域，我要從狹窄的籠投身到人海中去的。

飲虹（50-12-08）

黑旋風

　　為著一聽裘盛戎的《鬧江州》，我未能飽聆兩報同人的高論，從座談會上提前便退席了。恰巧趕上，裘盛戎扮的假李逵已出場了。這齣戲的扮演，頗使我滿意。因為李逵的性格和冒充李逵者有粗細真偽之別，演得恰恰入扣，無可訾議。我想起元劇作家中的康進之來了，他是專以黑旋風為題材的；他描寫的李逵極真率可愛，真率跟魯莽不盡同，雖然雜劇只此兩三種，而李逵的性格是統一的。再說朱有燉所寫的李山兒吧，這李山兒就是黑旋風，跟他所寫的魯智深，叫做豹子和尚的，都與水滸傳的情節不合；然而他筆下的李逵和康進之的李逵還能保持統一性。安得請裘盛戎君將李逵的故事重新組編一下，在舞臺上全部演出。其成績必又過於鬧江州了。我愛黑旋風的天真，聯帶到愛好李逵的演出者，渴望最近再有看丁甲山的機會才好。

雲師（50-12-08）

戲文不盡真實

舊戲說起來總歸是「戲」不能以「真實」責之的。例如千軍萬馬，至少不過是八個龍套，果真是千軍萬馬又如何能在這小小的舞臺上擠得下去？尤其是縮短距離，一任幾萬里、幾千里，只在臺上繞幾個圈兒，倘若真是上萬里、千里，那這齣戲又怎樣能在戲院表演呢？我所以要說是舊戲者，因為有唱詞有說白，請問那一個人在日常生活中會說著又唱的！為著畢竟是「戲」，就不是實事了。昨天，趙景深兄惠我方瀅先生的《舊劇透視》一冊，匆匆翻閱一過，我認為這本書是很有意思的，用新觀點來透視舊劇，雖然著墨不多，但極耐咀嚼。不過，我覺得方先生偶然會忽視了戲劇的特性，例如說《林沖夜奔》，他覺得不該在那喪家逃命的時候，有從容載歌載舞的心情。誠然這不夠真實的。不過，要真實的話，只有低著頭在奔，不會自言自語的說上一套，更不會唱它一番，並且我可斷定「夜奔」所採取的奔法，也絕不會如舞臺上那樣奔法。說到這裏，我還要重複一句：「戲文」不可能盡真實，這種不真實處，既然知道來看的是「戲」，觀眾一定不會提出異議的。

（50-12-09）

庹

在南京成賢街那裏，從前有一個牌坊是為姓庹的孝子立的。說起來差不多有三十年了，這個姓我沒有碰到第二個。我問了幾個朋友，才知這字音托，因為沒有機會應用此字，所以一直就不容易記住這個字音。可是牌坊雖已不存在，刻的碑字卻還嵌在那家牆壁上。據在河工上作事的人談，此字在河工上倒是常用的，就是丈量物件；這人把兩手舒平，是謂一庹。劉廷璣的《在園雜誌》中彷彿也提到過，還有那拿田地租人收種年滿退租者，叫做戧，音蓋，這兩字皆是《正字通》、《字彙》所沒有收的。用它做姓當然很怪！似乎這姓不是南京本地的，我沒有查考一下，不知這姓是從什麼地方遷來的，像哈馬撒巴這些回姓，他們是元代遷來的，我們一望便知道了。像我這位內人姓佘的，在當地有三四家，可是他們並不同族，雖然同稱為「雁門郡」，朋友們看過「太君回朝」或「轅門斬子」、「四郎探母」這些戲的，都稱內人為「佘太君」。我記得楊業娶的是折德扆女，如此說來，佘字本應該寫作折，用折字來作姓，也不能不說是怪姓之一；不說怪，至少也要說它是冷姓、僻姓才對。

丹蘋按：在西北有姓折的。

飲虹（50-12-09）

112

雨夾雪

雨夾雪是一種行款名稱，本為書刊所沿用；在中國初期的報紙發表社論時也往往採用。例如一篇文字通篇以五號字排印，遇到重要的地方，拿四號字來排，這是非常引人注意的。比加旁圈已算是一種進步，同時也是新聞學上標題的先聲。

在書刊方面，起初是講究整齊的，正文字的大小，大概是劃一的，後來加了注文，於是便採夾行的方法。又進了一步就是雨夾雪，應用在元明以後戲文最多，曲是大字，白是小字，曲白相間也就成了大小連行，一破整齊之美，可是另具一種美觀。由書刊移用到報張也有二三十年的歷史。不過報紙的版面進步最快，現在採取的方式，比起以前的雨夾雪來，當然又進步多了。現在這名稱，知道的人已少，然而這名詞卻廣泛的被應用，也許有人還不知它出於書報的。

我對於這真個是雨夾雪的季節，因自然現象而聯想到它，也不惜雨夾雪的說上一篇也。

雲師（50-12-09）

桐鳳決疑（上）

王漁洋的「妾似桐花，郎似桐花鳳」的詞，我在少年時候最愛誦它。其實我也不知道什麼是桐花鳳。不過後來知道王詞也是有所本。如蘇東坡的〈異鵲〉詩：「家有五畝宅，么鳳集桐花。」、「故山亦何有？桐花集么鳳。」又劉言史詩：「腸斷錦城風日好，可憐桐鳥出花飛。」於是知道出在四川，大約在桐花開時便有此物。王原吉詩：「梨雲散盡千官影，獨見桐花小風飛。」明初，袁凱的詩也有「綠花么鳳無棲處，來往蘭房不厭頻」的話。其實此名稱不是宋明才有的，如唐僧隱巒的詩：「五色毛衣比鳳雛，深叢花裏只如無。美人買得偏憐惜，移向金釵重幾銖。」為什麼大家很喜歡這鳳鳥之名呢？大概因這名稱富有詩意的緣故。李德裕《會昌一品集》有〈桐華鳳賦〉序云：「成都夾岷江磯岸，多植紫桐，每至春暮，有靈禽五色，小於鳦鳥，來集桐花，以飲朝露，又花落則煙飛雨散，不知所往，有名工繪於素扇，予因作賦書其上。」足見在唐代已有人用它作畫的題材了，不獨可賞，而且可畫，無怪後世誰不愛歌詠它。我們在四川做客時又誰不去實地看它究竟是什麼東西呢？

（50-12-10）

桐鳳決疑（下）

　　《寰宇記》上說：「桐花色白，至春有小鳥，色焦紅翠碧相間，生花中。惟飲其汁，不食他物，花落遂死。人以蜜飲之，或得三四日，性多跳擲，抵觸便死，土人畫桐花鳳扇即此也。性馴好集美人釵上。」看了這段，才能懂隱蠻詩跟李文饒的賦。又《日詢手錄》中說：「桐花鳳又名倒掛，小巧可愛，形色如綠鸚鵡而小，略大於瓦雀，又名收香倒掛。」這記載比較可信一點，然而不夠正確。我在有一年暮春，開桐花時，曾往嘉陵江畔的江北，桐樹多處去找，只看到一種吱吱飛叫的小鳥，據土人說便是詩中所謂桐花鳳，他們是叫做翠鳥的。後來友人鶴逸告訴我，他去訪求多次。有一天早上，被他看清楚了，是「全身翠綠相間，嘴紅色，略小於燕雀一倍，翅上雜有黃白色毛羽，展翅飛鳴，黃白相摻，的確好看。但並沒有紅色，它那輕靈活潑的肢體，遠看不像小鳥，恍惚是個蝴蝶。」他又說：「它吃桐樹中一些小蟲是可能的，絕沒有倒掛樹間的現象。見人即飛，那會集在美人釵上？怕都是出於詩人想像。這翠鳥以外，有沒有別的桐花鳳？我不得而知了。」我對鶴君說：詩人所歌詠的鳥，與那鳥在生物學上的解釋，這距離太大了。要知道桐鳳的真象應該信任生物學，而詩歌中的它只供欣賞是可以的，但絕不足信，一切動植物、天文地理皆如此，不獨桐花鳳為然。

　　　　　　　　　　　　　　　　　　（50-12-11）

吞針

在佛教有羅什吞針的傳說。那畫辰州符的也有這一套，我友蔡嵩雲先生他本是一個學科學的人，在湖南時跟著學畫這符，原打算親身體驗一下，誰知針是吞下去了，卻不容他來研究它這道理。今天，有一位醫師朋友談起另一吞針的故事，說某山城中竟有以針為食的，他替此人加以檢查，從食道管起，胃，大腸，十二指腸，統統查過，卻找不到那針的蹤跡。有一天，看此人吞下針，他立時去透視它，只見針吞下時腸胃皆張弛閃避，尤其針碰到大腸壁膜，膜即收縮，讓它毫無阻礙的直往下闖，最後進入直腸，肛門這時早緊閉起，針也就停留下來。於是平日此人所吞的針從此都被發現，原來這肥厚的臀部竟成了一個針庫。我們起初總以為針入人腹，定死無疑；那裏知道天地之間畢竟無奇不有，真有這樣的事！但也有這樣醫師的檢查，可惜蔡先生又到湖南去了，不然我可以借這醫師的話來解答他的疑問。

飲虹（50-12-10）

史廷直嫁女

二十多年前，我在北京看過侯益隆演出的《嫁妹》，那場面好不鬧猛；但想到史廷直嫁女，我又覺得這也不失文人風度。故事是這樣的：史忠字廷直，是明初人，膝下有一女，和一位寒士訂了婚，這一天是中秋節，廷直對他女兒說：「我們踏踏月去吧！」於是把女兒就送到婿家。據說後來送了一些自己的書畫補作妝奩。這手續未免太簡單，然而不疾不徐的，他完成了這一件事。

嫁妹的畢竟鍾馗，忙壞了小鬼的隊伍，鬧猛雖是鬧猛，太不顧惜人力物力了。史廷直有些文人自高自大的習氣，但像他這樣嫁女，也不會如從前人所說「強盜不搶五女之家」，多女的人差不多成了心病。

在今天，我要乾脆說一句：「寧可做史廷直，不要做鍾馗」，就是妹女她們也是同意的。

雲師（50-12-10）

秦檜的晚年

我曾根據陸放翁的《老學庵筆記》等舊筆記，輯錄過一篇〈秦檜之二三事〉，其中搜集了若干傳說，例如施全在望仙橋下行刺他，以及秦門「十客」的名目，原有門客、親客、逐客、嬌客、刺客、羽客、莊客、狎客、說客，後來在秦檜死時，來了個史叔夜作吊客，補足十客之數。這些過去都還有人提起。孫女招贅郭知運一事，秦檜夫婦二人爭一「贅」字，檜說：「如此才能束縛得定」，當時傳出來，聞者引為笑談。又：李季為他在天臺桐伯觀設醮，遇一土人，搖著頭說：「徒勞，徒勞。」好像預知秦檜第二天就死了，這多少有點神話性質。只有他晚年兩件事，我最覺得奇怪：一是他的孫女，那位所謂崇國夫人，愛一獅貓，有一天貓跑了，立時限令臨安府訪求；及期貓還沒有找到，臨安府替他捕繫鄰居家，並又劾兵官，嚇得兵官連忙也出來捕貓；凡是獅貓都捉了起來，可惜獨沒有那一頭貓。又賂入宅老卒，探問貓狀，畫了百張貓像，到處在茶肆掛起，這貓不知後來究竟覓到沒有？還有一件，秦檜晚年攬權越重，門前戒備更嚴，有人在門前望一望，或咳了一聲嗽的，無不被呵止。偶然告了一兩天病假，另一執政被召對，執政不敢隨便說話，只盛推秦太師的功德。第二天，他來了，問那執政昨天說些什麼？雖然表面謝謝那執政的「荷蓋」，可是當天就令言事官上彈章劾那人了。這兩件事倒有些像十年前孔宋的作風，原來是秦檜的嫡傳咧。

飲虹（50-12-11）

君子國

　　《鏡花緣》作者李松石先生費去兩回的篇幅寫他自己的一個理想國，他叫它做君子國的。這國度以「惟善為寶」四個字做匾額，那國人不知道什麼是君子；而多九公認為這名稱是鄰邦替它取的，它的特色在好讓不爭，在恭而有禮。作者雖然舉了兩個關於貿易的例子，又舉吳之和、吳之祥兄弟兩宰輔的談話，來說明他的政治思想，從現代人的眼光來批判它，這都是成問題的。那隸卒，那小軍，那農人，或爭著減少貨物，或爭著多付代價，或誇張貨物品質精良，或自謙銀子成色不足；而他們的理論根據是怕來生變驢馬還債的，沒有正確的經濟的解釋，用一些宗教觀念來湊合，這未免太可笑了！何況還有乞丐在國中呢？至於吳之和所提對於殯葬、奢侈、戒殺等問題，都那時小資產階級的一種看法，不過表示對「天朝」的指斥而已，也不見得是什麼君子國的政績。總之作者還不能把它寫得盡情盡理，使大家讀到這般文字，相信果然有「君子國」這麼一個去處！

雲師（50-12-11）

西陵女（一）

我們在古史上有一種傳說，就是軒轅氏娶西陵氏之女，教民蠶桑，號元妃嫘祖。這地點像是在塔里木河一帶。又周穆天子會西王母處，有人說是在現在蘇聯阿拉木圖一帶。這其間有一個傳遍中亞細亞的故事是色楞尼伽先生為我們講的〈發爾哈特和西陵〉。他以纏綿悱惻的維吾爾文字寫的，曾有傳譯，我現在扼要的講述出來，這是多麼富有希臘神話色彩的故事啊。

在古中國曾有一位皇帝有一面極珍貴的鏡子，珍藏在庫中，從來不給人照。這一天，皇子發爾哈特，做了一夢，夢見一位神仙前來告訴他：「你快去庫中，從聚寶箱裏取出寶鏡，你可從此鏡看到一個不能再美麗的公主。」皇子是個貌美而又勇武的人。醒後就想去取鏡子，可是守庫武士非聖命不敢啟庫房；無故開了庫門，武士有殺頭之罪。發爾哈特不管這些，他說：「你不給我鑰匙將庫門打開，我一劍穿你心，連你生命也一起關上去；我不告訴皇帝，你是不得受罰的！」這樣，那武士被逼得只好給他開庫門了。發爾哈特走進珍寶庫，看見一個大鐵箱，他舉劍一砍，箱蓋忽然自開，跳出一條壽龍。他又一劍往龍刺去，飛躍半空，那兩丈長的龍就嚥了氣。

（50-12-12）

西陵女（二）

　　皇子這才走進聚寶箱，找到那一面光明耀眼的鏡子。舉起寶鏡，凝神細看。只見鏡中出現一座高山，山頂上來了一位女郎，黑髮垂到腳足跟，似密友生離死別般的分開在兩邊。她臉像夜間有了兩個月亮，在陽光下看，直是天上兩個太陽。眉如雪野中解凍的港灣，眼如解凍後春風溪水，又似春夜的繁星，鼻是夏季的遠山，還襯有飛飄兩頰的晚霞，雙唇正如山邊落日火般紅，頸項似冬雪那般潔淨。身穿金緞的上衣，紫色長裙，珠璣飄帶，銀絲的坎肩，半月的環珮，搖搖欲墜的衣冠，真是靜中若動，儀態萬方。發爾哈特被這美麗攝走他魂，立刻昏倒，就倒在那殭死的毒龍底身旁。皇帝知道此事，把看庫的武士殺了。當皇子醒過來時，皇帝也將他訓斥了一頓，不准許他有繼承皇位之權。且送進天牢，永禁終身，這年青的皇子，既然心中有美女，腦裏就無美德，心中增愛情，腦裏就減理智。他請求父皇，不必監禁，讓他去尋找那鏡中人。騎上駿馬，直向西邊落日，奔逐而去。多少天的穿山越嶺，多少天的追星問月，有天，在峽谷中，遇到一群弓箭手，將他捉去。原來是波斯（伊朗）皇帝赫斯茹部下，赫斯茹又迷戀鄰國一公主，名西陵，也就是發爾哈特所見的鏡中人。

（50-12-13）

西陵女（三）

那公主的母親密希俄巴努是統治國家的人。她要買一個奴隸去掘河：辦水利。赫斯茹的部下就把發爾哈特賣給那國度去當這苦工。他在五天裏掘了一千丈河道，把三年沒完成的工程用五天就竣事了。這奇蹟讓王母知道了，西陵公主也動了心。於是王母召見發哈爾特，公主在一瞥中也愛上他。其實，他是老早就愛上她的。

赫斯茹派使臣備重禮，向王母求婚，道：「伊朗大皇帝陛下旨在求西陵公主為后。如若不許，只好兵戎相見。」西陵說：「我寧可玉碎，不為瓦全，誓不嫁此匹夫！」發爾哈特請任前驅，準備迎敵。赫斯茹果然統率十萬雄兵圍住了王母之國。發爾哈特矢盡被俘，被赫斯茹捉去下了死牢。幸四面鄰國出兵把赫斯茹打退，他心還不死，派人散佈流言，說發爾哈特已戰死。一面再求婚。並向死牢中說西陵已死，發爾哈特聞訊立自殺。西陵假許下嫁，到了波斯，要看一看發的屍體，剛剛將它抬出來，她拔出袖中短劍，朝胸一刺，就倒在這中國皇子的身上去了。於是將這兩屍體裝一金棺，運到王母那兒去合葬。這地方就是我們的友邦偉大蘇聯的塔什干。

請看：由這古史傳說，一變而成這樣悲壯的故事，在蘇聯、在中亞、在我們的新疆，誰都會說這個故事的。

（50-12-14）

波斯情調

　　黃震遐曾撰文談到新疆的維族文化所受波斯的影響，他有極精闢的議論。他說一個民族在社會過渡期間的意識反映，不是過激，便是頹傷。我們的維族文化在頹傷表現，是波斯文學的餘韻。在十二三世紀之交，蒙古暴風雨將至的前夜，波斯文學輾轉入新，後四五世紀就取突厥文學地位而代之。這時波斯已是分崩離析，一種悲哀美麗的亡國情調充滿在詩歌或故事裏。波斯詩人所說：新月、玫瑰花、故宮蔓草、不可挽救之命運、與終歸幻滅之愛情等，絕似我國的六朝與晚唐文字。在它輸入時，建都喀什的東察喀台帝國正衰亡，全疆正在干戈擾攘，這種文學給與人的好比麻醉劑所能換得的慰藉。

　　維族的文化，至今多少還保存著這波斯情調，震遐將它比做「禮拜六派」一樣近乎古典的負累，是恰當的。因此他看到古裝歌劇常這樣想：「我們已是進步，應該希望他們也進步。」這兩句話，我認為是最平恕的！

飲虹（50-12-12）

打人

　　在清代的知縣衙門，有三班六房；這六房叫做房科，就是書吏。三班更是差役，其中以皂班最下，他們專司杖笞等刑，也就是打人的人。普通分敲手心、掌嘴、笞臀等。敲手心大都對付秀才，平常不大施用，掌嘴咧，多用之婦女。頂常用的是笞刑，笞就叫做小板子，用二尺來長的竹片，往屁股上打，多至上千，少也數十；有的被多打而並不成痛苦，有只打了幾十而血肉橫飛，這裏面的弊竇大極了。大都犯罪的人向皂役賄賂，皂役視得錢多少以定輕重。這些皂役要打人，必先投師學習，練習時先打草鞋反面，打過再換，打過幾十支就初步完成，然後學習打豆腐，要把豆腐打得內裏雖爛，外面完好，這樣就可充當皂役了。在封建社會中打人也成為一種技術，還需要學習，你看可笑不可笑。

雲師（50-12-12）

124

批評家虞訥

偶然翻閱《南史》，看到一段極有趣味的事，就是關於「批評家」虞訥的。說：「張率作賦頌二千外首，有虞訥者見而詆之，率乃一旦焚毀。更為詩示焉，託云沈約，訥便句句嗟稱，無字不善。率曰：此吾作也。訥慚而退。」像虞訥這樣的「批評家」，自古到今，真不知有多多少少！張率這舉動，也太夠幽默了。這原因在虞訥的批評本無標準，他若是有固定的標準，儘管是個偏見，善與不善才能裁度，他偏偏只看具名，不看作品；當然詆張率而嗟稱沈約，無非為沈休文是大名鼎鼎的作家而已。賦頌二千餘首，難道連幾首好的都沒有嗎？沈休文又難道每作必佳嗎？所以我看這問題是在標準立定沒有？不在詆與善的亂說一陣。張率因為虞訥的詆毀，把賦頌「一旦焚毀」，也未免自己太沒主張了。我說這故事，不是專指文學批評而言；在其他一切事務上，像虞訥這一型的人物所在皆是。雖然也不乏張率這種試探，又怎樣能產生公正的批評呢？第一，似乎還是應該先建立一個標準，有了標準就不會因具名的生熟而隨意的高下了。虞訥當時雖然「慚退」，後來還有無數的虞訥在侃侃而談，他們不慚亦不肯退咧。

飲虹（50-12-13）

薦與蓆

在上海很少見到這設備的。在鎮江以上，或大江之北，在這季節差不多每家床鋪都墊起稻草來了。在褥下有用一幅布將草包起的，從富有資產的人家到無產階級無不如此。上海因為有熱水汀、電爐，所以不需要這個了。用草的也有分別，一種是散的稻草，隨你的需要可以決定它的寬仄、厚薄、大小；另有一種是編好的稿薦，也有叫它做草墊的。我對這稿薦是不大愛用的，因為它無法隨時再加高，不像散草那樣有伸縮性。我在四川過冬天，又發現他們是用草蓆的，這物件在我們東邊的人是用於夏日的；他們卻用在冬，另有竹蓆用在夏日。起初我很不習慣，後來冬天也偶用草蓆墊在被下，也覺得它可以保暖的，則草蓆本來能保暖呢？還是由於四川的氣候使然呢？這疑問我十多年來都沒有得到適當的解答；因稿薦我又想到草蓆了。

雲師（50-12-13）

電話與電車

　　在二十年以前和朱古微詞人在虹口見過一面。這一位老人拘謹得很，見了生一點的客人，必定要穿上馬褂：說到溥儀，還口稱「今上」，未免太固執了。勤孟兄也說：此翁生平不用電話，想來大概因為電話是洋玩意兒，所以他不願意用。據我看：在他們那一輩的交際社會中，本無用電話的必要，雖然同時在上海，他無需用電話爭取時間，他們甚少有跟人接近的機會，有話要說，還是面談為是。我又想起，他住在蘇州時，有人勸他勿看麻雀牌，說：「久坐傷肝，久視傷脾；」他老卻說：「久閒傷心！」這也是很有風趣的。

　　因此，我又聯想到電車的故事，就是上海初鋪電車軌，第一次試駛電車；那時巡捕房邀請詩人沈愛蒼去參加，他是個近視眼，坐在電車裏，並不知有玻璃裝在窗上，一時要吐痰，便吐在玻璃上了。同座有李拔可先生，連忙掏出手絹去為他拂拭；這話就是拔可先生十幾年前偶然跟我談到的。這可算是電車的掌故，也可見老輩的天真。當然，像寫《人境廬詩草》的黃公度先生那等人，在當時已是開明分子了，絕不會不肯用電話，或不會坐電車的。然而他們也絕不似後來的一些洋場浮滑少年，開口便說外國月亮如何比中國的亮；或是什麼東西總是外國的好也！

飲虹（50-12-14）

閒話《鏡花緣》（上）

　　舊小說當中有不少是作者藉此來炫才的，如《野叟曝言》、《鏡花緣》，都應該屬於此類。從天文地理到醫卜星象，隨時誇耀他的淹博。《鏡花緣》作者李松石先生，對於聲韻訓詁方面是有相當造詣的人，像曆算、名物，細微到什麼彈琴、馬吊、雙陸，他都是相當的內行，我就覺得這書的失敗正是在松石的炫才處。依理，這部小說是該表現出作者的理想境界來。他選擇金輪則天大皇帝柄國的時間，又加上唐敖、多九公、林之洋周遊各國的遭遇，他費了十幾年的功夫，寫出這一百回的小說，應該真個成一部「異書」，（這是王韜在序文裏的話）然而「怪怪奇奇，妙解人頤」，至多不過獲得「詼諧譏肆，玩世嘲人」的效果。他在識見方面並不見得高超。他得意的寫下來的君子國，只是一個玄想，一個不可能實現的事，對雙宰輔的政見也就夠平庸了的。此外什麼聶耳、無腸、白民、智佳、軒轅，只要一看國名，便知全屬烏有。他又著意寫的是女兒國，這該是最精彩的一段，但是他所用的完全遊戲筆墨，把纏足、穿耳歸諸男子，目的不過叫男子，自稱奴家而已，卻不見如何提高女子在社會的地位。林之洋給做了一氣王后，帶走了一個什麼陰若花，始終沒寫出女兒國是個什麼新的國度；這是我們今天讀此書所最失望的！

（50-12-15）

閒話《鏡花緣》（下）

　　這一百回小說的結構是很明顯的，前五十回主體在唐多林的漫遊，順寫那些國度的風物；後五十回便不同了，以武則天開女試為主，後來說到勤王，說到那四大陣。開端和收尾又是神話，什麼百花仙子，什麼泣紅亭的碑，大敘其命定論，此《鏡花緣》所以不能成為中國第一二流的小說者以此！就拿四大陣來說罷，酒色財氣這一爛調，作者重新把它裝點起來：酉水、先火、才貝、刀巴，還不是幾句話！酉水陣一定要點綴一片竹林，林中還有七個晉代衣冠的人，個個都是在小酌，這設景也就夠酸的。平空又添上一群醉貓，我不知道作者是怎樣想的？從他開列的那粉牌上的酒名看來，我卻認為作者是沒有進過酉水陣的！先火陣比起來更不能動人，硬把不周山的共工，楚霸王、朱亥都扯在一起；最可笑的武軍懷中偏有一張黃紙供奉著那唾面自乾的婁師德！我不知道譚太等三人又怎樣喪命的？這交代又太不分明了。至破刀巴陣要借柳下惠臨壇，這是我們設想得到的，對這大可做文章的題目，只寥寥幾筆了事，最後才是才貝陣，用「遠遠見那錢孔之內，銅馨四射，金碧輝煌，宛如天堂一般」這種語調諷刺一番，似乎也嫌不夠，在陣中我們看來這一陣是可以發揮一下的，他又不肯賣力。所以這部《鏡花緣》是不能使我對它有好感的。

（50-12-16）

小雪酒

　　《禮記・月令》：「孟冬乃命大酋，秫稻必齊，麴蘗必時，湛饎必潔，水泉必秀，陶器必良，火齊必得，兼用六物，酒官監之，無有差貳。」這都是造酒的門檻。秫就是高粱，饎是黍跟黏稻，湛饎就是煮稻黍成糜，隨後再加麴蘗，用瓽盛起來，釀它；是白酒黃酒的法子都已有了，火候器物都要講究。也許最早有的是醴，一種甜酒。據《詩經・國風》：「十月獲稻，為此春酒，以介眉壽。」造酒的時期多在冬季。拿現在江浙兩省來說：杭州的俗諺是「遍地徽州，鑽天龍遊，紹興人趕在前頭。」就徽州人爆竹，龍遊人紙馬，紹興人趕著造酒。安吉造的過年酒；平湖在十月造的，所以叫十月白，也有用白麴、白米、白酒叫三百酒的，到春天著桃瓣幾片，便叫桃花酒。但江山的桃花酒是頭年釀的，等第二年桃花開時再飲，也叫桃花酒。孝豐在立冬，長興是小雪後，所造酒就叫小雪酒。為愛惜糧食起見，現在能以餘糧釀酒已不多，可是在這時，大家又忙著製鹹肉鹹雞鴨了。從前為的祀神，如今是自用，最多也不過饗客。

　　　　　　　　　　　　　　　　　飲虹（50-12-15）

不必傳之秘

　　這是二十年前的事了。我有一位長親，他老已是七十多歲了。他看到有些人家辦起紅白大事來，有好多手續不合舊例；就是寫張帖兒也會鬧笑話，如對平輩的太太們自稱姻愚弟（應該作姻侍生）之類。「什麼格式，稱呼，怕再過幾年便沒有人知道了！」他常慨歎著說。我就勸老先生：「再過幾年，結婚有新的結婚方式，喪事也新的喪葬儀式，它本身就會改變的；何必替它著急呢！」他老頗不以我的話為然，他認為這「不傳之秘」一定要他自己「及身而傳」於是一大本一大本的他寫將出來，當然他也發生不少新的困難，由於社會的組織已新了，就拿稱謂來說，舊的有的已不夠了，有的就非取消不可。男女已有了直接的交際，嫂弟也好，姊弟也好，什麼侍生不侍生，簡直沒有管這一套！老先生的不傳之秘，在我看成了不必傳之秘。那一大本一大本地只有一個用處，就是查考查考在舊日是些什麼意義，和辭典一樣放到圖書館裏，傳是不用傳了！

　　　　　　　　　　　　　　　　雲師（50-12-15）

《新齊諧》

　　我是對袁子才印象不好的一個人。早年在成都遇到一位劉鑒泉先生，他跟我是個同志，他曾輯過《闢袁公案》，似乎並未印行，劉先生死了快二十年，這一部原稿不知道還在不在？我們不滿意袁子才的是好弄小聰明，他的筆墨都不免輕薄。詩如此，文如此，連小說也如此。例如他說鬼談神的《子不語》，（因為跟別人的書同名，改了《新齊諧》，但結果還是「子不語」出了名。）就不如蒲留仙的《聊齋志異》來得有意思。留仙會借鬼諷刺八股文，借狐罵人；而袁子才說鬼就是鬼，談不上神就是神，那裏夠得上這「諧」字！既然是諧，它該有些寓言才對。子才真是個無才的！像它開卷第七篇那酆都知縣的故事，他竟相信有此井，這井果真是陰陽交界，居然有位知縣劉綱下去遇見包閻羅，還有什麼伏魔大帝，因為他在關羽面前提到劉玄德，以致為雷擊死；劉綱是中風亡的，果然有雷來燒。我們入過川的人很多，只要走川東，誰也經過酆都的，看袁子才這篇鬼話，應該沒有不說他低能的。便是書名，也何嘗配稱做《新齊諧》呢？

飲虹（50-12-16）

變姓

姓氏的改變，談起來很有趣，古代如范雎之改張祿，這已是政治作用。清王朝的愛新覺羅氏如果變成漢姓的話，普通作金；也有改國的。唐代改人家的姓為李，明代改人家的姓為朱，這所謂賜姓，實在是一種對待奴隸的辦法。又如方孝孺的家族經過十族以後，子遺下來就姓了施，這是躲避才改的。我在新疆知道維吾爾族姓司馬宜的很多，他們進入內地來，有改馬姓的，也有變成姓司馬的。這一改變反而複雜了起來。

現在的法律，子女成年以後，不管父姓母姓一任你選擇；這當然很好，但氏姓不確定，在譜牒上越發紛亂了。譜牒是封建社會的東西，本可以不加重視；然而我們看以往如陸費姓、王裔姓，這些兩族合併的姓，有時會影響到他們的婚姻，因為婚姻是有限制的。我不知道，假是我的兒子姓父姓，女兒又姓母姓，經過一代兩代，混淆不清，有違反優生，構成犯血統的婚姻底可能。母姓也好，我始終認為還是應該規定。

雲師（50-12-16）

詞皇閣

　　若干年前，我忽然立下一志願，就是在南京清涼山翠微亭遺址，蓋它一座小小的詞皇閣，後來又想移在後湖上。這志願當然受的周慶雲在西湖菱蘆庵造兩浙詞人祠堂的影響。我一向認為宋代文化接受南唐遺產最多，什麼澄心堂紙、李廷珪墨，自不待言。後主李煜自己對於書法、繪畫、詩文、佛教，都有貢獻，尤其是詞。當然婦人的纏足也是從他起的，這卻是他的過失！南唐移都在南昌的時期很短，大部分的時間是在南京，自從翠微亭倒塌了以後，一點遺跡都沒有了。南京城中只有什麼內橋、北門橋還是沿那時的舊稱，此外便一無痕跡。我這志願，現在已是打消了。只是把李煜詞的明本，譚爾進、呂遠二刻，毛子晉鈔本；以及侯文燦、金武祥、劉繼增、朱景行、沈宗畸、劉毓盤、邵長光、王用維、唐圭璋九位對他這詞的校補，作最後一次的清除，僅僅存下三十七首，又取李煜畫象，在今年七月七日（他的生辰，也是他的死忌）用巾箱本刻印成冊，將詞皇閣仍然建築在他自己的作品上，靜候人民再予以估價和批判。

（50-12-17）

融聲的研究

　　偶閱《白石道人歌曲》卷四，他那一闋平韻〈滿江紅〉，前有小序，道「滿江紅舊調用仄韻，多不協律，如末句『無心撲』三字，歌者將心字融入去聲，方諧音律。予欲以平韻為之。」這裏下這一融字，是值得我們注意的。最近，有人談起評彈開篇中也有平仄不諧的，而唱起來滿悅耳的。冒疚齋說：「這是用的融聲的辦法吧？」當時我很贊同，我們看姜白石時，已有人歌個平聲字融成去聲了。既然平可融去，去聲字能不能又融成平聲字呢？去上是不是可以互融？入聲字還能不能融？這些都是問題。上聲字跟平聲字在歌法有特殊的地方，對於融聲，我認為還值得研究咧。拿〈義勇軍進行曲〉代國歌的來說，那發端處「起來」兩字，我始終覺到聽上去像「氣來」，起是上，氣是去，就是把上聲字唱的像去聲。這原因是融得過分，還是由於訂譜的關係呢？我不懂新音樂的作曲，不敢揣測。不過融聲確是值得研討的，在四聲還沒有更好的方法替代的時候，它仍然可以用來挽救一種聲音的限制。

　　　　　　　　　　　　　　　飲虹（50-12-17）

老郎神考

梨園行供奉的祖師究竟是誰？說者不一。不過，北方是每年三月十八舉行，而南方是六月十一和十一月十一兩次，都相當的熱鬧。李漁在《比目魚》中說：老郎就是二郎神，湯顯祖卻稱為清源妙道真君，真君姓李，曾傳授演戲方法的。還有人取《山海經‧大荒西經》上的「顓頊生老童，老童生祝融，祝融生太子長琴，始作樂風。」說老郎就是老童之訛。所以汪堃在《寄蝸殘贅》中就說：「山海經顓頊之子名老郎。」孫星衍的〈吳郡老郎神廟記〉說：「相傳唐玄宗之時，耿令公之子名光者，雅擅霓裳羽衣曲舞，賜姓李氏，恩養宮中，教其子弟。」因為他愛梨，種滿了梨樹，所以叫梨園。又說天樂總司即南宮朱鳥二十八宿翼宮第二十二星，老郎神權輿於此。《京塵雜劇》引余小霞的話說老郎神姓耿名夢，也不知何所根據。有人又說是後唐莊宗李存勗的。錢思元的《吳門補乘》就說：「其神白面少年，相傳為明皇。劉澄齋詩「梨園子弟調笙簧，路人走看賽老郎。老郎之神是何許。乃云李氏六葉天子唐明皇。」也許孫星衍說的最為可信，然而這也不過我個人之見。可是在南京六月十一日的老郎會，又訛成「老臉會」，這一錯，就錯得太滑稽了！

（50-12-18）

過了星期三

有一句常諺說得好：「年怕中秋月怕半」，就是說一年從一月開始，好像慢慢兒的一天一天地過去，這倒滿覺得悠長的；可是一到八月半，便如馬東籬曲文所謂「疾似下坡車」，一霎眼便晃到年底了。此諺本含有教育意味，目的在提高人家的警惕；彷彿和古詩「少壯不努力，老大徒傷悲」的用意差不多。也可以說一年雖有十二個月之多，到了中秋也就表示快過了三之二，剩下的四個月，應更外加油，加倍努力。可是有人用一種感傷的調子說這一句話，並不是這一句話本身有傷感情調，還是那人的心理不甚正常的緣故。「月怕半」這三個字又是根據「年怕中秋」比例而來。拿一個月三十天來講，過了十五，那剩下了的十五天就覺得快了。大約，也由於這句常諺，到了後來，有人家補充了一個「星期三」。說一個星期雖有七天，最怕的是星期三。我看：如再擴張這比例到整個兒的人生底話，四十歲就相當於中秋、月半跟星期三。我們都是過了星期三的人，如何接受這星期四、星期五、星期六呢？我們在星期日、一、二、三這四天玩得太多了，對於未來的三天，無論如何是要發奮為雄的。我不怕，更勸大家不要怕，不過怕儘管不怕，可也不能虛費了這寶貴的時間！

飲虹（50-12-18）

小機群

　　我的第二個兒子是參加了人民空軍的，最近託一位王同志帶來了一些小飛機模型是南苑工廠所製，他帶來給小弟妹們玩。說好玩倒是滿好玩的，從小得像一顆豆大的起，有大到如拳頭的。有的著綠，有的塗銀；不過每架機上都有紅色五星。孩子們分配妥當，儼然每人認為那架飛機歸他駕駛了，這裏你叫哄的一聲，將臂膀高舉，便舉起這飛機；他那裏也哄的一聲，將臂膀高舉，便高舉起那飛機。成了小小的機群，縱橫乎一室之內；所幸他們要進學校，這小機群又哄到學校去了。這兩三天，我讓他們吵得頭痛，而他們越吵越起勁了。我心裏未嘗不羨慕他們。想他們從現在就愛好飛機，等到長大以後，他們比哥哥一定還要努力。我為人民空軍的前途樂觀，而且我也愛好這小玩具，雖然已經讓他們吵得受不了啦。

雲師（50-12-18）

太平天國寶鈔

　　張舜銘君編好了一本《太平天國泉譜》，跟我的舊作《天京錄》合起來發行。剛要付印，又得了太平天國寶鈔一紙，他很得意，來問我關於鈔票的沿革。我對他說：我對這也是外行，好像錢之用券，是北宋時就有的。據《宋史‧蔣偕傳》：「朝廷募民入粟於邊，增直給券，俾赴京師，射取錢貨，課之交鈔。」就是交子的辦法。高宗南渡以後，置行在交子務，行交子錢，引給諸路，令公私同見錢使用，已而日益賤，到孝宗時，又出白銀收換交子，一名會子；因為實行鈔法，很多糾紛。在金章宗，是鈔錢並行。可是有司以出鈔便利，收鈔為諱，叫它做老鈔，甚至以萬貫易一餅，民困國窮，成了鈔之極弊。宣宗時有貞裕寶券，不久才製造貞裕通寶，一貫當寶券千貫，哀宗時造興定寶泉，一貫當通寶四百。元太宗起初造交鈔，世祖造中統元寶交鈔，據《元史‧食貨志》是以絲為本，每銀五十兩，易絲鈔一千兩，物價就從鈔制。元朝九十年，總算用交鈔的。明初，雖有洪武寶鈔，後因鑄錢多，也就廢鈔不用了，清代是繼承這種風氣的。以我看太平天國雖然有此鈔票，主要的通貨仍然是錢，所以它的鈔面較大。又道光朝的時期，有值千值百的銅錢，太平天國也是為著抵制它才有大錢的。

（50-12-19）

春聯的歷史

　　春聯是從古桃符所演變。馬鑒引《玉燭寶典》說：「元日造桃板著戶，謂之仙木，以鬱林山桃，百鬼畏之，即今之桃符也。其上或書神荼鬱壘之字（神荼、鬱壘是二神）。」桃符隨後用做門戶的裝飾，以祛除不祥，並且在上面題字，這在五代時很流行了。據說蜀主孟昶曾叫學士題桃符，他不滿意，便自題云：「新年納餘慶，嘉節號長春。」這怕就是第一幅春聯了。春聯的風氣到了宋代才漸漸的熱鬧起來：北宋叫春帖子，南宋叫門帖子。周草窗《癸辛雜識》記鹽官縣學教諭黃謙之，永嘉人，甲午歲題桃符云：「宜人新年乍生呵，百事大吉那般著。」這春聯貼出來，被大家哄了去；可見對春聯是如何的重視了！在朱元璋手裏，明代的初期，他在除夕就令公卿士庶每家門上要加春聯一副，這樣春聯更是大風行了。紙店多用朱砂染箋做成春聯紙，最考究的一種叫萬年紅。清代一直還保存著這風俗，對楹帖的花樣更多。那些窮苦的知識份子到這時候，設春聯處，賣春聯博一點度歲資，所以不管識字不識字的他家到過年時都換上春聯。如今在這人民世紀，自有新春聯的產生，該又是春聯歷史的新的一頁了。

飲虹（50-12-19）

阿布杜克兒

我在迪化，碰到過一位天才的的音樂家叫做阿布杜克兒先生。他最拿手的是嗩吶，比西式的洋喇叭要小些。真是奇怪的事，這嗩吶在他手裏變成無所不能。他用它吹維吾爾歌曲，吹揚州小調，又吹梆子腔，最後還吹出京戲。吹得快，快的如奔馬；吹得慢，慢的像更漏在滴，一會兒嗚嗚咽咽的，一會兒彷彿爽朗的狂笑。他吹起嗩吶來，沒有不愛聽的。可是我從南疆回來，他已不在迪化了。我問起他，才知道他為著政治關係逃到伊寧去了。他是個高個子，沒鬍子的，不過吹起嗩吶來，就愛帶上鬍子，扮做丑角樣子。現在新疆早已解放，阿布杜克兒該早已回了迪化罷？不知他那嗩吶的技術，又進步了多少？我想：他一定是能用這樂器自由地吹出解放歌曲來給廣大的新疆人民聽的。

雲師（50-12-19）

左黑拉本事（上）

朋友，你對於《西陵女》還感覺興趣麼？你願意的話，我再說一個中古時代在中央亞細亞演出來的一幕戀愛的悲劇。

大約就在塔什干附近罷，有一位國王名字叫巴巴汗的，跟他的大將軍在同一天，各人生了一個孩子。國王生的是女兒，叫左黑拉。大將軍所生是兒子，叫達黑爾，巴巴汗歡喜的了不得，在宮廷設宴，款待臣僚，並宣佈這小倆口兒是一對，為他們的幸福而慶祝。這時有個奸臣，他怕王位將來要落到大將軍兒子之手，所以他就想陷害他。左黑拉已懂事了，因她的哀求而得免於禍。可是大將軍終於在一獵會中被射死了，他臨死對達黑爾說，要他復仇。達黑爾於是跟另一宿將黑英雄來學劍；他真英武了得，學劍用功，和左黑拉的愛情也很篤厚。

那裏知道，這一位黑英雄偏也愛上左黑拉了！為了左黑拉，他竟不惜陷害達黑爾，他想佔有左黑拉，還想奪汗位而代之，他對巴巴汗誣說達黑爾有謀逆之罪。昏聵的國王一時不察，竟信從了他。

（50-12-20）

左黑拉本事（下）

　　黑英雄怎樣處置達黑爾呢？他想出了一個計：用一隻大木箱把他裝起來，投在西洱達利亞去，這木箱便順水飄流到花剌子模國。花剌子模有一位公主，將達黑爾救了起來，要逼著跟他成親，他為著左黑拉而拒絕她。花王大怒，把他作囚犯一樣貶謫，放逐他到紅沙漠去，幸而路上遇到父執一位老哲人救了他。逃回巴巴汗的宮廷，跟左黑拉終於又相見了，兩人大悅。誰知道這時黑英雄闖了進來，於是拔劍格鬥，黑英雄竟讓達黑爾殺掉了。巴巴汗在盛怒之下，竟當眾判達黑爾的死刑，又親手勒死他的愛女左黑拉。那位老哲人趕到了，救了達黑爾；不過達黑爾一聽左黑拉已死，不欲獨生，他自盡了！最後的場面是老哲人送葬。達黑爾、左黑拉兩個遺體合葬在山上。老哲人說：「這一對是同年同月同日生的，他們也是同年同月同日死的！」

　　這傳說在新疆，有人說故事是發生在焉耆。焉耆那一帶據說還有達黑爾、左黑拉的墳。其實，中亞每個地方，都爭著說這故事發生在他們地方。蘇聯喀山的地方也有這傳說。我在阿克蘇看的《塔依爾棗娘》那悲劇的情節，和這個故事多少也有相像處。

（50-12-21）

《小放牛》

在京劇裏像《小放牛》這一齣戲似乎並不甚多。越劇也有這麼一齣，可是我不曾看過。雖說京戲原始也是一種野生的民間藝術，而《小放牛》這牧歌式的戲，不像產生在中原的。果然，有一年被我發現它的來源，在烏魯木齊晚會中我看到了維吾爾的一個舞，簡直就和《小放牛》一樣。歌詞也有問天上的玉樹誰人栽？地上的黃河誰人開？一問一答，唱著舞著，非常有趣。我當時就問同座一個青年政治家阿不都克力木阿巴索夫，他是阿哈買提江的秘書長，他們都是在伊寧搞革命的。他見我對這舞特別注意，也十分詫異。他說：「這是遊牧生活的反映，是我們很古老的曲子了。何以你反而愛它呢？」我說：「我們有一齣《小放牛》，極像這個舞。」他說：「怕是由這兒傳進去的吧。」我也有些疑心。

可惜他跟阿哈買提江去年到北京參加政協，飛機在途中失事。從此我們便沒有機會談小放牛的問題了！

雲師（50-12-20）

拔河考

拔河是我們中國一種古老的遊戲。或名牽鈎，或名拖鈎。唐《封演聞見錄》說：「拔河古謂之牽鈎。襄漢風俗，常以正月望日為之。相傳楚將伐吳，以此教戰。古用篾纜，今民則用大麻繩，長四五十丈，兩頭分繫小索數百條，分二朋，兩相齊挽。當大繩之中，立大旗為界，震鼓叫囂，使相牽引，以卻者為勝，就者為輸，名曰拔河。」此外，《荊楚歲時記》上說：「拖鈎之戲，以篾作篾纜，相胃綿亙數里，鳴鼓牽之。求諸外典，未有前事。公輸子游楚為舟戰，其退則鈎之，進則強之，名曰鈎強，遂以時。越以鈎為戲，意起於此。」這又是一種說法。《唐書・兵志》就有「壯者為角觝、拔河、翹木、扛鐵之戲」的話。〈則天本紀〉也說「觀宮女拔河，為宮市以嬉。」在唐代是很盛行的；而且越過規模越大。「中宗景龍四年，清明日，幸梨園，命三品以上拋球拔河，僕射韋巨源，少師唐休璟衰老，隨絚踣地，久不能興。」據說後來有「挽者至千餘人，呼聲動地，觀者驚駭。」薛勝作〈拔河賦〉，李隆基（玄宗）也有〈觀拔河俗戲詩〉，張說詩道：「今歲好拖鈎，橫街敞御樓。」有人說作此戲必致豐年。我認為集體鬥力，除了拔河沒有什麼更好的形式了。

飲虹（50-12-21）

145

李煜的詞

　　在我們中國人民的文學遺產中，李煜的詞是佔有它應得的地位的。在五十年以前，王國維就說：「客觀之詩人不可不多閱世，閱世愈深則材料愈豐富愈變化；《水滸》、《紅樓夢》之作者是也。主觀之詩人不必多閱世，閱世愈淺，則性情愈真，李後主是也。」又說：「尼采謂一切文學余愛以血書者，後主之詞，真所謂以血書者也。宋道君皇帝〈燕山亭〉詞，亦略似之，然道君不過自道身世之感，後主則儼有釋迦基督擔荷人類罪惡之意，其大小固不同矣。」這觀點在那年代總算是新的了。不過主觀、客觀那麼說法，我們不能同意；而且《水滸》、《紅樓夢》是小說跟詩詞是不同的。至於趙佶（宋徽宗）跟李煜相比，一個完全是皇帝身份的反映，一個純是悲憫，能為廣大人民所接受，所以李煜當然較趙佶來得「大」。可惜李詞從來摻雜別家的作品，沒有潔本。盧氏所精刊的手冊只有三十七首，並附李煜畫像，似乎這是比較可信的一種版本。

　　　　　　　　　　　　　　　雲師（50-12-21）

起霸

　　起霸這名詞是只要看過京戲的人沒有不知道的，究竟它作何解釋？是不是該這般寫？我問過梨園內行，任是老伶工他們講不出，怕是相沿如此，這名詞是錯了的。有人說怕是「披掛」兩個字叫訛了的。披掛就是扎扮，在坐帳這種場面往往有四將先後出來起霸，然後在「元帥就要升帳，你我弟兄兩廂伺候」的套子，分站在帳前的兩旁。就論這起霸，還是很細緻的一種演出方式，那四將有淨、有生、有旦、有丑，如若是不同的腳色，起霸也是有出入的，就是這一點點出入處，正是最細緻的地方。例如那淨是代表個粗暴性格的話，他拱手時，彎度一定很大，而且有力的拱一拱；若是小生代表那英俊而未嘗久閱江湖，他起拱手報名來，彎度就小；一樣的有力，但他就緊湊多了。所以說起霸儘管是一個統稱；然視腳色的不同，人物的分別，這裏的差異也很大的。不過，起霸必須鎧甲靠上四面旗，倘然穿著現代的武裝，再來一個起霸，那不免有些不倫不類的。又在起霸時，有用鎖吶引的〈點絳唇〉牌子，現代很多藝人是不唱的了，我認為是省不了的！

（50-12-22）

下竅服藥的笑話

　　灌腸，在現代醫術上當然是很平常的；可是百把年前，在乾隆年間，就有非常可笑的傳說。袁子才所記：「倭人病不飲藥，有老倭人能醫者熬藥一桶，令病者覆身臥，以竹筒插入穀道中，將藥水乘熱灌入，用大氣力吹之。少頃，腹中汨汨有聲，拔出竹筒，一瀉而病癒矣。」大概當時曾有日本人這樣做，所以他就說「倭人病不飲藥」了。難道非倭人就沒有灌腸嗎？「熬」藥「一桶」，這製法和數量我們也都不敢相信。至於筒是不是竹的？未能推斷。尤其乘「熱」灌入，還要「大氣力」來吹，這些都是問題。它標題是〈倭人以下竅服藥〉，好像就從來不用口服藥似的。從「一瀉而病癒」看來，當然就是灌腸的手續，如果說這就是以下竅服藥，那便成了笑話。我們從袁子才這種筆調來看，可以知道它處處都是誇張，因此有好多地方難於平實，作科學實驗的記載都要不得，不然，又不只像這下竅服藥的笑話了。

飲虹（50-12-22）

冬至舊俗

我們作小孩子的時候，到了冬至，就唱：「冬至大似年，先生不放不給錢；冬至大似節，東家不放不肯歇。」看《東京夢華錄》上說：「京師最重冬至，更易新履襪，美飲食，慶賀往來，一如年節。」別的不談，就談美飲食，各地方冬至這一天都要吃點什麼，李瑞和詩：「家家搗米作團圓，知是明朝冬至天。」廣東吃的「冬丸」；還有用糖、肉、脂油、芝麻、豆沙、萊菔絲等作餡，製成「冬至糰」，江浙兩省有許多地方如此，所以俗稱冬節糰子年節糕。杭州在南宋時，有冬餛飩、年發飥的說法。在北方現在也有吃餛飩的，叫冬至餛飩夏至麵，不過沒有武林舊事所記百味餛飩那麼講究。又古代婦女在冬至有上履襪於舅姑之俗。曹子建就有〈冬至獻履襪表〉，《酉陽雜俎》上記：北朝婦人常以冬至日進履襪及韈，因此冬至又名履長節，一作長至節，到了這天工作的時間就多了，如崔浩女所說：「陽生於下，日永於天。長履景福，至於億年。」由冬至日初長這諺語引申出來的。

雲師（50-12-22）

揚州八怪

關於揚州八怪的說法不一，通常傳說這八位是高鳳翰、金農、高翔、李鱓、鄭燮、黃慎、汪士慎、羅聘。也有用華喦或李方膺來代替黃慎的。這八怪都是清乾隆嘉慶時住居揚州的；並不是揚州本地人。他們以書畫詩文印章著名，可是力去陳法，各出新意，人奇畫奇，所以得了個「怪」的名稱。高鳳翰字西園，膠州人，他的標誌是一部髯鬚，好以左手為畫，在他畫上每刻「髯」字朱文印，或「左手作之」。金農字冬心，自稱「冬心先生」，有時用「百二硯田富翁」的印，我最愛他那近於爨體的楷法。高翔字西唐，他是以畫梅最著，自稱「山林外臣」。李鱓字復堂，他畫蔬果在當時是第一了。他也做幾任知縣，但他愛用的印是「賣畫不為官」、「村愚道人」、「衣白山人」等。鄭燮即板橋，在八怪中是最知名的，他的詩集是手寫付刻的，字畫假造的最多，從他那「徐青藤門下走狗」的印章看來，可以知道他最佩服徐文長的。汪士慎即七峰居士，亦以畫梅名。羅聘字兩峰，冬心弟子，他愛畫鬼，他說：「誰也沒看過鬼，所以鬼最好畫。」李方膺字晴江，擅長蘭竹。華喦字秋岳，號新羅山人，寫人物最好。跟黃癭瓢同而不同。八怪雖然是二百年前的人物，但在今天還有他們的地位，因為他們能創造不專模仿，而且他們的畫不是專為資產階級作的。

飲虹（50-12-23）

胖子受辱

南京有一位周文明先生是相當胖的一個人。據他說就因為胖受到了美國少爺兵的侮辱。這是勝利那一年的事。周文明先生這天到一個親戚家去，經過通濟門太平庵一帶地方。這時，在他身後忽然來了兩個少爺兵，一個突張兩臂地把周先生摟抱起來，文明先生真受不了他們這文明；被他們帶到大校場飛機場去了。那門口又有好幾個少爺兵。有一個取來一個磅秤，把周先生一稱，是二百十七磅。另一少爺兵以為跟他差不多的，自己去磅，他只有一百八十五磅；不知道為的什麼，此人忽地變了臉，憤憤地對周先生用勁的一踢，踢的他摔一大交。是不是美國兵覺得比他體重來得輕，是有損「尊嚴」？有傷他的「優越感」！連胖都不容許人家，這些美國兵實在野蠻得太不像活了！

雲師（50-12-23）

閒話《老殘遊記》（上）

　　我談《鏡花緣》的作者李松石是個賣弄學問的人，就有位朋友來問我：「那劉鐵雲你看如何呢？」我說：「不錯，《老殘遊記》也不免有這種傾向，例如談治黃河的一套，又隨時講醫道、說藥性，甚至往東昌府訪柳小惠（該是指楊氏海源閣），也搬出作者對於版本的知識。不過，《老殘遊記》這一部小說還是有中心的，他所刻意描寫的是酷吏玉賢，後半部有一個剛弼，這剛弼也就是玉賢的襯托。全書作者以自己為線索，貫串起若干小段，像第二回「明湖湖邊美人絕調」這一段當然是竭力在狀寫王小玉鼓書的好處，寫聲音之美到此程度，的確不容易。為申東造策畫城武縣的防務，又是一段；看著要把那劉仁甫寫得有聲有色，而平地由訪劉生出黃龍子、璵姑的一大波折，固然都是作者故意弄狡獪，但這九十兩回，照顧前後，倒並非閒文。在小說的技巧上講，《老殘遊記》畢竟勝於《鏡花緣》的。後來齊河縣碰到河上結冰，因黃人瑞的撮合而有翠環的一段因緣，這一穿插，文筆頗生變化，可惜接著搖串鈴訪案，跟覓返魂香使十三口復活，這情節不免過於離奇。總之，全書不過二十回，又可以把它分成幾段，當然比較易於出色的。

（50-12-24）

閒話《老殘遊記》（下）

　　關於河南安陽殷墟甲骨文字的發現，最早注意的是王懿榮，其次是劉鐵雲；他有《鐵雲藏龜》行世，但在《老殘遊記》中就沒有提到。可是他所提的黃龍子，是指泰州黃葆年先生。當《老殘遊記》初刊出時，因為這裏提起「北拳南革」的話，於是被人認作預言。其實第十一回中所說三元甲子，完全是遊戲筆墨，只要看那「甲子為文明結實之世，可以自立。由歐洲新文明，進而復我三皇五帝舊文明，駸駸進於大同之世。」這一番話無非是作者的政治理想，並無什麼神奇。我只覺得他是有意寫一個理想的女性，那璵姑根本是沒有此人的。也許他認為璵姑還沒有寫得成功，於是作了《老殘遊記續集》，借泰山一個尼姑逸雲來說，更把逸雲寫得無滯無礙，高超已極。逸雲和璵姑是一是二，那只有問諸作者了。有人說：這續集怕不是鐵雲作的。我倒不是因鐵雲的侄兒大鈞的證明，我是根據《老殘遊記》原書而斷定續集也出於作者之手。看過原書的人畢竟不少，續集只有良友圖書公司的版本。以我看那續集是個未完之作，那六回彷彿倒是一氣呵成的，不像原書包含著幾個段落。

（50-12-25）

塑人塑物

　　丹陽張建闓先生，跟我是在四川北碚就認識了的。那時他學習雕塑，已經很用功，他在那兩三年中所塑的人像。一個比一個好，而他自己從來沒有滿意過，他並且要為我塑一個胸像，我因為不耐煩呆坐三四十小時，就想算了罷；因為我正有福建之行，建闓於是縮短了時間，只費兩個上午，竟替我塑一個，有位朋友又取去翻了砂。這像至今還在我案頭，見了它就想到建闓。在南京我們也見過幾次，他似乎對於雕塑的興致並未改易，而有移轉方向的企圖。今年春間，聽說他應唐山交通大學之聘，擔任模型製造的課。同一樣的雕塑，由塑人變而為塑物；這物不是尋常的物，是機械，是在山河間行走的機械。他這一轉變極使我興奮。我到北京，卻沒有機會去唐山看他。我有一位兄弟和他交大同事，談起他的近況甚詳。後來他南來接眷，在百忙中居然來看我，他說：「塑人和塑物是沒有分別的；能塑物才能塑人，塑了些人對於塑物也有幫助的。」他依然不改當年勤勤懇懇地學習的態度。

飲虹（50-12-24）

朝鮮沿革

朝鮮最古的時代名檀國，檀君壬儉建國在西元前二三三三年，他們是倍達族，在中國古史中有畎族、方族、干族、黃族、白族、赤族、玄族、風族、陽族、號為九夷，孔子有願居九夷指此；在朝鮮也有「九夷大眾，倍達盛族」的話。又稱夫餘，或夫餘列國。以辰韓、弁韓、馬韓為三韓，新羅、百濟、高句麗為三國，由新羅統一，朴昔金三氏，而高麗國（王氏），而朝鮮（李氏）。他們原有的一種宗教是大倧教，一作大道教，也就是檀君教。又以槿花即無窮花為國花，有人稱為槿氏之國。國內八大姓：金、朴、李、崔、鄭、趙、閔、申；金氏也分慶州金和金海金。這些姓多在新羅時代，跟中國唐代是有姓氏淵源的。他們的文字所謂諺文初為二十七字母，後來才減成二十四個字母，母音十字，字音十四字，除單獨應用，也有與漢字合用的。

雲師（50-12-24）

155

野味

　　小時候在這寒冬歲月，看街頭賣「熟切」的擺出野味來，非常感到興趣。大概賣得最普遍的是兔肉，可是吃的不小心，有時會吃出個小子彈兒，弄得一嘴火藥氣。兔肉外面有一層厚厚的皮，要撕掉這層皮才好吃。賣兔肉的人故意塗上一道紅麴，看上去似乎很新鮮。此味我大約已十多年不嚐了，在熟切攤邊走過好幾回，很想再買一兩隻兔腿來嚐嚐，終於缺乏勇氣，只望望然去之了。這倒不是因為現在才講衛生，因為止酒的緣故，對一切「熟切」多不愛吃，又不獨野味為然。老妻笑道：「兔肉本來是小孩子愛吃的，今天我請你嚐嚐另一種野味罷。」果然她由菜市上買了一隻野鴨回來，也只一斤來重，花了六千元，據說還不算貴。在野味中，野鴨還不算高貴，比它高貴的另有山雞，價格較野鴨差的並不多，炒山雞脯似乎比紅燒野鴨更為可口了。這必需要自家燒煮，當然沒兔肉省事。為著口腹之嗜，多累老妻忙上半天，不免有些慚愧。然而多年不嚐野味，偶然一試，竟打破我每餐碗半飯的紀錄了。

飲虹（50-12-25）

藥味的菜

　　我們江浙人沒有吃這藥味菜的習慣，在四川可就多了；據說這是從廣東傳來的，我知道像永川一帶的居民，很多祖籍是廣東的。起初，我們不大吃得來，久了以後，漸漸覺得它很有味道。最多的是湯，如芡實、苡仁都可以放在湯裏，跟下江用蘿蔔、菜心一樣的做交頭。還有是雞，什麼當歸雞、貝母雞，甚至用肉桂來燒。當然藥味是十足，不過加了藥材這菜味分外的好吃。其實不獨是菜，他們把湯藥叫做香茶，那裏覺得有些不爽快，馬上就喝點香茶；不像我們吃湯藥這般的嚴重。說起來烹調這種藥味的菜，可以說是五味以外的一味，我後來也認為是極可口的。

　　現在離四川又好幾年了，有時我倒也很想嘗試它，只怕我們弄不好，反而「畫虎不成」了。

雲師（50-12-25）

檸檬考

　　我愛吃南方的兩種水果，一是香蕉，一是檸檬。關於香蕉，考究的人已不少了；說到檸檬，好多人都以為是外國貨，甚至有人說檸檬是音譯的名字。偶然在友人案頭見到瞿兌之的《人物風俗制度叢談》，其中有一小節，就說的是檸檬，他說：「嶺以南就有黃色而酢質之果，俗呼檸檬；近年製為汽水，或切以瀹茗，人皆視為西洋食品，未有知為中國所固有者。」杭世駿的《道古堂集》有黎朦詩，云：「人呼宜母，或亦訛宜濛，粵稽桂海志，是物為黎朦，是黎朦出《桂海虞衡志》。」兌之說：「其名尤古，且近於正。」不過，元代吳萊的《淵穎集》有〈嶺南檸檬子解渴水歌〉，可見元代是叫它檸檬的，所謂「檸檬子解渴水」，這跟後來的檸檬水該也差不多，究竟檸檬和黎朦那一個名字早些，或者那一個是原名？這都沒有多大關係。此物似乎未聞移植到北方，不知何故？因為它不獨是水果，在藥劑上也是常用品，比梨柿的用途要廣得多了。

（50-12-26）

月當頭夜

　　農曆冬月十五，俗稱月當頭，想起那前人集句聯云：
「萬事不如杯在手，人生幾見月當頭。」似乎這一天夜裏的
月光，就不可不賞，跟中秋夜的「月到中秋分外明」一樣的
珍貴。也許，在南京對這月當頭有這種傳說吧。就是在此夜
正十二點時，你如果站在夫子廟文德橋正中間，你可以看到
一個圓月在東，一個圓月在橋西。還有的說是天上一個圓
月，這時橋東橋西各留一半，映在水裏。另有一說，分外奇
怪了。就是沒有生過小孩子的婦人，這天晚上走月亮，就可
早生貴子。通常說法又是立月中的人連影兒也不會有。因此
月當頭夕，玩月的風氣也不下於中秋。二十年前我發過傻氣
住文德橋上去實驗，是毫無結果的。現在已無此雅興了。今
早伍仲文先生來約我，我說：與其在文德橋，毋寧往後湖
去。只是風如此之大，深宵去玩月，傷了風，又咳嗽起來，
不如在室內談談天了。仲文先生贊成我的話，我們也就聊過
了這一夜。

飲虹（50-12-26）

像生

　　從前有這種像生店是專造假花的，在這殘冬歲月，生意是最盛的。《清嘉錄》就談到年夜像生花鋪用柏葉點銅綠，並剪彩絨為虎形，紮成小朵，名曰老虎花；也有綴小虎在旁邊的，叫子孫老虎。剪壽星、和合、招財進寶、麒麟送子，一切吉利玩意，總名柏子花。這風俗該是從北而南的，北方娘們拿烏金紙剪成飛蛾或蝴蝶，逢年過節戴在頭上，所謂鬧蛾兒，也有叫鬧嚷嚷的。在北京崇文門外有花市，自東便門內起，像生店就極多。《燕都雜詠》上說：「姹紫嫣紅映，花枝愛像生，鬢邊嬌欲語，活色畫難成。」自注：「花兒市街在東城，像生花，用通草染作，精巧絕倫，海內所無，亦有刮絨片為之者。」《都門贅語》也有花兒市詩：「紙花裁剪草名通，著手生春傲化工。莫怪佳人偏愛此，由來色界總成空。」南京的像生店舊日都是在馬巷附近的。

雲師（50-12-26）

聯話

　　這兩天很有幾個人來託撰春聯的，但搜索枯腸，搞出來總不如意。我對一位朋友說，記得《履園叢話》有兩副酒店聯：一是「劉伶問道誰家好，李白回言此處高」。還有一副尤妙：「入座三杯醉者也，出門一拱歪之乎。」你不以為可笑，這對文倒是大眾所能欣賞的。不知是誰跟我談過，怕又是託名紀曉嵐的故事，這天走過一家騾馬行，門正半掩；那掩著的半扇門，貼的是「左手牽來千里馬」，不曾看到另外一扇，他心裏想：這倒不大容易對的，斟酌很久，才想出用「九方皋」來對「千里馬」。過了一天，特地去騾馬行看那一邊，卻是「右手牽來千里駒」。他哈哈一笑道：「這是我所想不到的！」但這樣樸質的聯語，的確是人民大眾的文字。又西太后七十壽辰時，有一位廣東人送的一聯云：「今日幸梨園，明日幸南海，何日再幸故長安，億萬姓膏澤全枯，只為一人歌慶有。五十割安南，六十割臺灣，七十又割東三省，數千里封圻日蹙，每逢萬壽祝疆無。」這雖不是春聯，是一副壽聯，但也可算有史料價值的。

（50-12-27）

161

陞官圖

　　若干年前在春節中擲「陞官圖」，也是一種室內遊戲，這與那「狀元籌」性質很相近的。我們小時候，跟年紀相仿的小朋友們常愛搞這個。對於清代的官制稍為熟悉一點，就是從「陞官圖」學習來的。這與擲「狀元籌」才懂得那科舉的情形一樣。多年沒有搞了，現在只記得一紅是秀才，二紅是舉人，四紅才進士，不過「全色全收」，我總認為這辦法不好。比起陞官圖，狀元籌又太簡單了。至於陞官圖，除了清制，還有用明代官階編排的，也許就是明代所印。據亡友雙流劉鑒泉先生說：擲陞官圖源於漢官儀。他曾約我擲過，也有一張表。但手邊放一本漢官儀的書，且擲且查，那是沒有一張印好了的陞官圖便當的。老輩有不主張青年人擲這玩意兒，說免得生倖進之心。那錢泳有一封信勸他老師說：「一官何足介意耶？亦如擲陞官圖，其得失不係乎賢不肖，但卜其遇不遇耳。」把做官就看成擲陞官圖，也可以窺見從前人的做官，只是亂搞一氣，何嘗想為人民服務的呢？

飲虹（50-12-27）

輿人言

　　在重慶時，我們坐滑竿或竹轎，那輿夫抬著走，常常一邊走一邊唱的；起初倒也不覺得什麼，以為他們借此省力。久了下來，才知道是打招呼，例如對面來了一個女人，前面的輿夫就叫「對山一朵花，」後面的輿夫便接著說，「左轉好回家。」此外遇到障礙物，或地面凸凹不平等等，他們都有歌詞。偶然看到清時博爾濟吉特《西齋雜著》中有「輿人言」，他說的是柳州輿夫，似乎是出於他的描寫，並非輿夫自己的話。如「走走復走走，長亭與短亭，十里五里迤邐行。速速更速速，茅亭接茅屋，倚竿且噉兩錢粥。」又「左靠右靠，左空右空，彳亍戰慄，前卻東龍。陰風灑灑，零雨濛濛，傴僂肩背，其曲如弓。」又「上坡路，奔向前，下坡路，拽在後。前支足，後曲手，泥在身，汗覆首。一筒米，二鍾酒，俟歸來，養我母。」作者是在柳州很久的，大概他經常坐轎子的，所以他還能寫出那輿夫抬轎的真實情形來。

雲師（50-12-27）

虎皮騎士

　　《虎皮騎士》是中世紀喬治亞的史詩，有人將它比做荷馬的《伊里亞特》與《奧德賽》。作者是雪哈・路斯赫威里，雪哈是名，路斯赫威里是姓，這姓氏是因地名而來的。此人生在十二世紀後半跟十三世紀前半，這史詩的完成也在兩世紀之間。據詩序所說，它獻給女王哈特瑪，此詩寫作時，哈特瑪當尚健在，在喬治亞史上哈瑪特大帝統治期從一一八四到一二一三年。詩中將全部當時有名的東方世界都提及；就是沒有說到蒙古帝國，好像作者不曉得有這蒙古帝國的事；又不曾談起女王的兒子拉薩喬爾吉。所以批評家認為它不會早過於一一八四，也不會遲於一二〇七，作者另有《尊貴者約瑟》小說，與《頌辭》都失了傳。《虎皮騎士》的情節，從亞刺伯國王路斯帝凡故事起，到塔利爾和愛約丹達麗堅的結婚，共分六十六段，原文是四句分段，而不分行的一種散文詩。我國有兩個譯本：李霽野的跟北芒侍珩合譯的。後一本承侍珩先生贈我，已讀過好兩遍，我以為不獨是一部青年好讀物，像我們這年紀的人還是該讀讀的。因為東方人對於這內容該分外的感到親切的。

（50-12-28）

164

面貌冊

在照相術沒有普遍流行時，從前的考試還循例要填面貌冊。填面貌冊就不能跟照相一樣的準確。什麼面黑、面白，那裏有什麼標準？也不過虛應故事罷了，因此常發生笑話。有一個常說的故事，說是胡希呂在江蘇任考官，他對面貌冊非常認真，怕有頂冒的。有個常熟生員叫沈廷輝，他填有「微鬚」字樣。後來聽說胡先生一向訓微為無的，這是照「微管仲吾其被髮左衽矣」，朱注：微，無也。沈生一想，只有入場頭一天，把那鬚剃掉。那知道有個學書和沈相識，早在冊上替沈改微為有了。在唱名時，胡見了沈，說：這又是個冒充的！冊上有鬚，何以無鬚？可憐沈廷輝就這樣被斥了。接著又有一生，為著「微鬚」二字跟胡辯論起來。胡罵他連「微，無也」都不懂，但他反問胡：「孔子微服過宋，是不是脫得精光的呢？」弄得胡無詞可答，只得讓他照考。這位胡先生咬文嚼字，固屬可厭，然而面貌冊的辦法，究竟不妥。早些年攝影的技巧不甚精工，連到用照相辦法，還曾發現過許多毛病的。

飲虹（50-12-28）

湯麵

　　習慣：人家有喜壽事要下麵吃，尤其是在生日。有人
就問這風俗是從什麼時候起的？為著這一問，翻了一些書，
才知道這湯麵舊名水引麵，是始於南齊時。《南齊書》上
說：「太祖好水引麵。」原來湯麵也就是湯餅，由湯餅才改
稱為長壽麵，宋馬永卿《嬾真子》有「湯餅即今之長壽麵」
的話。山家清供記嫩筍、小蕈、枸杞、菜油炒作羹，趙竹溪
密夫酷嗜此，或作湯餅以奉親，名三脫麵。麵的名稱，說起
來花樣繁多，火麻一名荒麵，即現在的陽春麵。揚州有小麵
煨和一切浮文兔的麵，這一切浮文兔多半是拌麵，與陽春有
別。蘇滬一帶將澆頭另碗盛裝，又叫做過橋麵。像關中將菠
菜揉入麵裏，拉成麵條叫做翠玉麵，又好看，又好吃，南方
人就不大會做了。

雲師（50-12-28）

閒話《孽海花》（上）

　　《孽海花》的作者東亞病夫先生，在我的童年就認識他；我是先認識這個作者，然後才讀他的書的。《孽海花》似乎有三種版本，光緒乙巳小說林社所印十卷二十回本，封面有亞蘭女史題歷史小說和「孽海花」等字，這是最早印行的。我所見的是民國十三年有正書局重排本，具名上還有「愛自由者起發」，據說這是金松岑先生筆名，我與金先生也是熟人，但從來沒有提起過這部書。民國二十四年，曾孟樸先生（病夫的本名）在自己辦的真美善書店又印了一種是十五卷三十回，這是經過修訂的，我也曾翻閱的。那時我們愛他的一部新作《魯男子》，自傳式的小說，比歷史小說當然要有趣些。

　　然而小說畢竟是小說，拿《魯男子》來看《孽海花》，知道作者是不少有意的煊染，並沒有顧及全部的真實。不過，中心人物自然是賽金花。對於賽金花的注意，在我還是最早受樊樊山〈彩雲曲〉的影響，又因為疚齋翁和她有相當關係，我曾看到況蕙風為賽代筆致疚翁的駢文情書。這是小說所不曾涉及的。

（50-12-29）

閒話《孽海花》（下）

聽說陸士諤曾補過《孽海花》有三、四、五、六編，四十回本，民國五年大聲書局所印，我沒見過。賽金花的一生是好題材，也許是受了《孽海花》的影響，大家都想更直接的為她作傳記。在曾氏修訂本《孽海花》出書的前一年，就有劉半農的「賽金花本事」。同年出版的有虞林鹿醉髯的《賽金花傳》五十回，繡虎生的《孽海花本事》。接著蔣醒若編的《賽金花》、夏衍的《賽金花劇本》也刊出了。杜君謀的《賽金花遺事》、沈雲衣的《賽金花自述》都印出來了，這些又都是在她身後才問世的。最後張次溪還編過《靈飛集》。又有朋友對我說：潘書卿的《補拙隨筆》下卷中也有《趙彩雲自述》，是另一本子。它是認為賽的真姓是趙，作姓曹的是錯誤了。若把這許多材料都搜集起來，和《孽海花》比勘一下，怕有很多的出入罷？當然每一種書都有它特點，但《孽海花》畢竟是有獨到處，文友中像余蒼先生，我知道他對賽金花也曾費過不少時間，訪問過，又搜討有關的材料，卻不知道他給《孽海花》的估價為何如耳？

（50-12-30）

《金龍殿》補記

關於太平天國天京金龍殿的敘述，本報前刊《金龍殿》話本已說得很詳細。頃偶見歸安吳紹箕所作《遊夢倦談》中，有〈洪氏王宮〉一則，是在天京淪陷以後所寫，值得補錄於此：「偽宮已毀，存者十不及一，顧黃牆一帶猶兀然高峙，牆外東西兩亭蓋琉璃瓦，四柱盤五色龍。由亭折而北為正門，門已毀。歷甬道數十步，中樹木牌坊，上大書曰忠義門，朱地金字，旁雕雲龍獅象之屬，彩色輝煌。坊之上下皆貧民攀附而居，用刀刮金屑每人一日可得數百錢云。過坊又走數十步為偽殿，殿又毀，四壁畫禽鳥花草，設色極工，柱礎且朱漆繪龍，後殿左右兩池，池中俱置石船。踰池而西，有旁屋十餘間，每間置大缸十餘隻，缸與缸接無一線之隙，不知何用？旁屋以東皆焦土頹垣，上猶懸一木牌，云此係奏機密之地不得擅入，違者立決。蓋賊之樞密房也。由此又踏瓦礫數重為偽花園。有台有亭有橋有池，皆散漫無結構。過橋為假山，山中結小屋，橫鋪木板六七層，進者須蛇行不能坐立，莫解其故。」這時新衙門還沒建立，所以還能看到一些太平天國宮廷的遺跡。

飲虹（50-12-29）

169

巨無霸

不知道什麼原因，我忽然想起這巨無霸來。此人姓徐，我們一直叫他作小徐。在二十多年前他是一位胡先生的拉車工友。此人身的長度比我們要高出兩個頭，我們都還不算矮的，可是看他必定要仰起頭來；因此稱之為巨無霸。他是靠力氣吃飯的，但他非常的直率可愛，我就講兩件關於他的故事吧。第一、他睡的地方常鬧耗子，於是特地給木工作個櫃兒，五面都結結實實的，最後留著一面，他好將食物或其他東西放進取出。這一天，他的一鍋肉在櫃中又被耗子吃掉，他叫了起來「這是怎麼會給它吃的！」大家給他偵查，便道：「它由後面進去吃了的。」可是他無論如何不相信耗子能繞到後面進去。任你再說些，他還是不相信。第二、主人叫他把露在院子裏的珠蘭拿進來，他便一抓而來，主人大怒，他說：「你沒有說捧，我所以才抓的。」當時我們覺得此人可笑，由今思之，他粗得太可愛了。這麼多年，不知巨無霸今在何許了？

雲師（50-12-29）

送之門

　　相傳蔣心餘在揚州主講時，汪中是諸生之一，他忽然問蔣：「在《禮記》上有『女子之嫁，母送之門』二句，究竟是什麼門？」這一問問得蔣大窘。自乾嘉以來，考證家對這些問題，往往是不肯放鬆的。事實上這樣含糊其詞的記述，的確也無從考證出一個結論來。

　　數十年前，我們家鄉（南京）所行的婚禮，女兒上轎或車時，多是由祖父、父親或長兄抱出門上車或轎去的。似乎是「送之門」的古法，但不是「母」耳。現在當然沒有這一回事了。最近我們的第二個女兒在上海結婚，我跟她母親打算兩人中去一個作主婚人，可是她兩口兒來信說：由地方法院證婚，父母不必要出席。當天由男方所服務的機關舉行了個同樂會。我們老兩口兒商量的結果，是送了她們一點茶點費，免此一行。從前「送之門」的時候，本來還要對她說一番話；那時的話無非是怎樣孝翁姑，事夫子。這些廢話早該圈起了，而她們都在擔任著工作，並且隨時在學習如何做一對新社會的人。她們知道的也許比我們正確；這話更不用我們說了。只準備她們在假期會來看我們，那就要「迎之門」這門當然指房門，不必家裏的大門。也不用考據的。

飲虹（50-12-30）

再談法瑯

　　余蒼先生在本報，提起《大報》上關於法瑯的說法，有幾位意見不盡同。我看到瞿兌之先生《人物風俗制度叢談甲集》，有關於法瑯工人的一條，他說：「北京景泰藍有名中外，其實仍是外國輸入，故當時工匠皆自廣東來。雍正硃批諭旨中有雍正二年兩廣總督孔繼珣奏云：前任督臣楊琳任內承養內廷效力法瑯匠楊士章等十一人，俱家住廣東。向來各匠家屬每季赴總督衙門領取養家銀兩。各匠在京房屋飯食俱為供備，逐日進內廷做工。」余蒼說北京現在只有一家匠人靠作法瑯營生，這段材料頗可供他參考的。至於法瑯的得名，瞿先生說：「法瑯者法郎機，明代以之稱西洋人也。蓋自明代傳入中國。」照他這一說，似乎法瑯與現在叫做法蘭西國名的，又不能說毫無淵源了。

雲師（50-12-30）

星期談

　　現在我們常用星期一，星期二之類，這是從什麼時候的呢？記得三十多年前，我們在小學讀書時，那課程時間表注的是日曜日，月曜日之類。據說那還是日本式，後來因為用一二三計算，簡便易記，所以漸漸改變成了習慣，這既不是西洋的，也不是東洋的。有人也許認為我們受的基督教影響，那是錯誤的！唐僧不空譯《宿曜經》，列七曜的名稱，日月火水木金土，這次序和星期的次序一樣，原注「胡語」二字，可見這源流是來自西域的。《郡齋讀書志》上說：「秤星經以日月五星羅睺計部紫氣月孛土曜，演十二宿度以推人之貴賤壽夭休咎，不知其術之所自起？或云天竺梵學。」按，《宿曜經》本名為「西域吉凶時日善惡宿曜經」，這又包括有星命的那一套。至於七曜：在火水木金土五星外加日月，分配各值一日，七日一周，周而復始；基督教用來作一周祈禱行事的標準，它是沿古國的舊俗，並非他們所創造的。《書經》所謂「璇璣玉衡以齊七政」，七曜曆倒是我們特有的。不用日月火水木金土，而用一二三四五六日，我認為是一種進步，可以給全世界採用的。

（50-12-31）

畢

錢梅溪說了幾個關於畢字的忌諱：唐詩人杜牧之夢中有人勸他改名杜畢，這樣他不久就死了。宋鄒忠在夢中好像趙佶（徽宗）賜他一枝筆，他也就死了。另一個是清代的畢沅，他任兩湖總督八年，因事忽然降調山東巡撫，他反而歡喜，說：這一來我的命不得在「沅」湘上「畢」了！誰知不久回兩湖任，他便愀然不樂，後來果然死在當陽。這些故事，都是表明過去文人的迂腐，認為畢字不吉利，像畢沅就姓畢，這忌諱實在太沒道理。我們在四川看小飯店每當飯菜賣完的時候，他一定掛上一塊黑牌，上面用白粉寫一「畢」字，表示今天什麼都賣完了。但是口頭上說起來，卻是「煞過了！」或者「恭喜了！」這「恭喜了」也有點「討吉利」的說法；至於「煞過了」，在川語中對於一切完備或結束皆可說。好比曲中的煞尾，唐代法曲大曲裏的殺聲，都是相當於總結的。在文義上「畢」似乎又在「煞過」以後了。現在我對這畢字已毫無顧忌的可以隨便說了。

飲虹（50-12-31）

新日記第一頁

　　我的日記在過去的一年是停止的了。所以停止的緣故，說起來可以算是總結我的以往的生活。雖然，我每天不用文字記載這最平凡的日常生活的狀況，但我仍然不斷的反省與檢討。這一年，我常鬧病。入冬以後，由於保養得好，才漸能恢復健康。我希望一九五一年，能完全健復，不但身體無病，而且在思想上也有長足的進步。因此我自己對於一九五一年是有所打算的。

　　從前，每一年的元旦來到，我多是回想以往的新年。我這種「懷舊」的心情，頗足以妨礙我思想上的進步。一九五一年的元旦到了，我第一個改變，就是不追既往，只展望著將來。從今天起，我決定恢復我的日記，與其說是恢復，又不如說：我重新開始寫日記。我這日記，將與從前的日記不同。我在新日記中將著重我的思想的記錄。我加緊新的學習，我刷新我的生活，來慎重寫我新的日記。這一段文字，便是我新的日記的第一頁。

（51-01-01）

愛恨兩分明

　　愛和恨似乎是相對的，其實不然，愛恨是有相互關聯的。沒有強烈的憎恨底人，不會有熱烈的愛。有所愛一定就有所恨。我們愛我們的祖國，必當憎恨侵略我們祖國的「敵國」。請問這打了八九年戰，殘害我們的同胞上幾千萬的日本，那一個有良心的中國人民會不恨它！好不容易戰敗了它，我們才吐了一口氣，忽地有人來扶植它，來用它再殘害我們，我們對這扶植它的國家該怎麼樣？老實的說：「那也就是我們的敵國」，可是美帝就如此做！我們只好以恨日本的心來恨它，以抵抗日本的行動來抵抗它。何況它的經濟侵略，文化侵略，一向比日本還凶。它可沒有瞭解我們中國人的精神：愛恨兩分明的精神！我們要愛朋友，我們要恨敵人；我們和我們朋友狂歌痛「飲」，卻也不惜白「虹」貫日似的迅速消滅我們的敵人！

（1951-01-01）

以牙還牙

　　照《新約》的說法，待人接物有下列兩種方式，任你選擇：一是當你左頰被手掌打了一下，你該連忙的將右頰送上去；一是他拿牙來咬你，那麼你也用牙去咬他。我要問你：那一種方式是你所願意履行的？我想如果你不是懦夫，不是天生就的奴才料，你一定要高叫：「我是要以牙還牙的！」大家所見應同，且讓我將此一理論，與目前的事實結合在一起來看：當美帝侵略我們鄰邦朝鮮的時候，我國的志願軍本著兄弟般友愛，給打擊者以打擊。它正在口發狂言，用飛機狂炸我們的國境；要不是給它一下耳光，還不知狂妄到什麼地步呢！足見我們要爭取永遠的和平，必須自己有防衛的力量。現在他們雖然遭遇了失敗，但必然還是想捲土重來的，我們只有抱著以牙還牙的信念，予打擊者以打擊，絕不放鬆，絕不忽視。這樣才能鞏固和平，為和「平」「齋」戒，為和平祈禱的人，一定要是能打擊妨礙和平者的人。

　　　　　　　　　　　　　　　　　　飲虹（51-01-01）

從雞到穀

元旦到了。在東方朔《占書》上說，元旦是雞日，舊俗這一天要貼一張畫的雞，《拾遺記》講堯在位七十年，祗支國獻重明鳥，狀如雞，一歲數來，或數歲一來，國人莫不灑掃門戶，以望其來。雞是表示朝氣的，雄雞一鳴，天下皆震；所以取雞象徵這每年的第一天。二日是犬日，三日是豬日（占書原文作豕），四日是羊日，五日是牛日，六日是馬日，七日是人日。只有這人日是大家最熟悉的，唐代謂之人勝節，由雞、犬、豕、羊、牛、進而為人，這也是一種循序的發展。本來這開歲的七天是有這些特殊名稱的，可是《占書》在八日，它又加了個穀日，穀的種類極多，周官上有什麼五穀、六穀、九穀，而詩人又有八穀、百穀的說法。民間在「七人八穀」下添了個「九天十日」，於是初九又成了「天公生日」，這似乎是有一些畫蛇添足之嫌了。從元旦起到八日，由雞到穀，這皆是從《占書》流傳下來的。

雲師（51-01-01）

「陵」字我見

「陵」和「墓」的分別，在我看不是因為埋葬什麼人，而是視其外形才決定的。在岡陵的本義，是高高大大的，不似平常的墓只是個小堆罷了。我所謁過的陵，為秦皇帝陵，如文王陵，甚至如成都漢昭烈帝的惠陵，都像一座山，儘管有的在山外什麼也沒有。在南京雨花臺現在建築的烈士陵，照這樣的說來，是該稱為陵的。至於中山先生的墳，一直沿用陵園兩個字，是稱陵不稱墓的。譚組安墳就稱譚墓，廖仲愷墳就稱廖墓，又作墓不作陵的。雖然同在這一地區，就建築來說，一個是陵一個是墓，是不相同的。尤其中山先生這墳，跟明孝陵很近，詩人墨客聯想到唐詩中的「二陵風雨」，於是也有合稱它們為二陵的。聞蛩先生說的好：「在從前原沒有什麼限制，猶如秦以前人人都可以用朕字，到秦始皇卻就成了獨夫御用字眼了。」在今日，我們要「光復」的，是「陵」與「墓」的本義，只要是高高大大像座山的墳，都可以稱之為陵，至於埋葬的是什麼人，那另是一回事了。

（51-01-03）

179

洪秀全像

　　流傳已久的一幅鉛筆畫天王洪秀全像，那麼年輕文秀，已有人疑心怕是天德王洪大全的像，因為大全曾說過在永安建國時，他與洪秀全是穿一樣的章服。因為沒有發現過秀全別的像，一直就這樣用下去，不過有時總覺得大不妥當而已。最近在泮池書社看到一張絹本的著彩的天王遺像，據說是從前德使館陶德曼的收藏，也許在十年前散出來。這張畫像的特色，一是有鬍子的，紅紅的一張略瘦長的臉，並兩旁有長髮垂過耳。冠冕前沿畫的是一朵花，衣領有描金壽字，黃袍金龍，服飾與舊像無多差異。長眼、隆鼻，望上去是個四十多歲的樣子。這張畫像是雜在孔子像、咸豐帝像一起的，也許有個總題名，如中國偉人像之類。這像是題作「天王洪秀全遺像」七字，我相信它的真實性過於舊像。我勸泮池早日將它印出來，能用套色版更好。在太平天國遺物展覽會舉行以前，不知道能不能趕印出來？

　　　　　　　　　　　　　　　　　　飲虹（51-01-03）

烘爐

冬天取暖，從前多是生火，在屋子裏只要放上一個紅泥小火爐，便覺滿室生春。講究的是白銅爐做成葫蘆狀，或其他樣式，用炭基一塊塊的，比銀炭已是進步。後來用到了煤爐，火力較大，但若要比熱水汀，這又古舊了。我們拿隨身攜帶的烘爐來說罷，長江流域尤其是靠近漢口的都市，通常用的是銅的：小的叫手爐，大一點可以烘腳的就叫腳爐。這些多半是用炭基的。過了黃河，我們容易看見的是烘缸，這是瓦缶的，非常樸素，在缸中隨便揀一些燒飯吃的火就行。在照滿太陽的場子上，老翁或老媼提著個火缸在曝背，看著就頓時覺得暖和起來。在川裏，更有人用竹篾編個套牢兒罩住火缸，名為手籠，那又美觀不少。我們所以用烘爐目的在取暖，火缸已十分夠好的，大可省下銅來作別的，這一點江南人該向北方人學習的。

雲師（51-01-03）

太平寶鈔再記

舜銘所給我看的那張太平天國寶鈔，現在決定抽出來，不打算印在《泉譜》中了。因為這張寶鈔多少還值得研究的。第一：鈔上作「奉天王命」，這四字與其他文件不同，把所有「天父天兄」的銜頭都取消了。一個「命」字，也可懷疑。第二：「太平天國十年」下，沒有註甲子。第三：上面加蓋的二個都是篆文印。照時間說，這時咸豐已發大鈔，太平天國不該發二百文的鈔了，這樣小的鈔面發行起來，並無用處。干王洪仁玕這時已回來了。他在《資政新編》中，就主張發「銀紙」，銀紙該也是一種鈔票，也許是照銀兩計算的鈔票，似乎無照銅錢數發鈔的必要了。這些意見，是好幾位玩索這寶鈔好幾天後提出來的。還有人說，那時什麼都是「聖」的，何必不稱「聖鈔」而稱「寶鈔」，這也值得懷疑的。本來我前記只是敘述鈔票的沿革，沒有多說正題的話，這樣我不能不再記一下；免得有人對此種寶鈔過分的相信。至於一定說這一種鈔票是假的，我們也嫌證據不足，不敢便下判斷也。

（51-01-04）

有園必公

　　錢泳說：「造園如作詩文，必使曲折有法，前後回應，最忌堆砌，最忌錯雜，方稱佳構。」他又說：「今常熟、吳江、昆山、嘉定、上海、無錫各縣城隍廟，俱有園，亦頗不俗，每當春秋令節，鄉傭村婦，俗客狂生，雜遝歡呼，說書彈唱，而亦可謂之名園乎？」前一段話說的是造園，一座花園，靠人工來造，已是差勁了。後一段話，他認為花園該給那「文雅的主人」自己遊，有了庸夫俗子，彷彿園林遜色。這句話更是大大的錯誤！私家有園林，這是最煞風景的！應該把園林公開，使有園必公，惟其「雜遝歡呼」，才有遊園之樂。即以上海城隍廟來說，商肆密佈，雜耍兼備，已算是人民遊樂之場；但那「內園」卻門設而常關，不免相形減色。從前有些文人，癖好園亭，而又想佔有園亭，窮如吳石林只好自家寫一篇〈無是園記〉，這跟什麼「烏有園」、「心園」、「意園」一樣，將這些園放在心裏。果真有園，又不肯給大家遊玩，有園和無園，還不是五十步笑百步嗎？所以我想出「有園必公」的口號，希望私有園林的人，有與民同樂的抱負。

飲虹（51-01-04）

田

有一年，我們跟一位寧波籍貫的親戚住在一道兒，恰巧新年到了，當然這個時間是各地鄉風公開的好機會。這親戚家有一位老太太，她老是提醒我內人：「要買田啊！」我內人不懂，細心觀察，原來她們叫的田就是豆腐一方，用油煎一煎，盛在碟裏。我們無此習俗，對它自然不予重視。而她們卻不然，寧可少吃魚肉，不能不備這一碟子的田，因為要取吉利兒。我那時就想：「你們既不會種植，何以要貪得這麼多田！年年吃這田，為著想買那田；這太可笑了！」今年各地土改不少處已完成了，這風俗該隨著土改而改革了。那許多貧農，他們今年倒大可以吃這田了。他們辛辛苦苦種他們的田，到年下吃一塊田這才是應該的事。

雲師（51-01-04）

挑字眼兒

　　過去一般文人最容易犯的，就是挑字眼兒的毛病；但是到了暴君像朱元璋、玄燁的手裏，往往就弄成文字獄。我們就談朱元璋罷，他這個人，起初倒不是小心眼兒，挑剔文字的，明初還看重文人，那些立戰功的將領都大抱不平。元璋說：「世亂用武，世治用文；治國時要借用他們，並非我偏心。」這時就有人說：「文人是沒有什麼好相與，他們專挖苦譭謗。看張士誠就捧文人，而他這士誠的名字就是文人所取。」元璋說：「他這名字多麼好呀！」那人哼了一聲道：孟子上不是有「士誠小人也」這句話嗎？明明的罵他，他還得意的叫了半輩子。」從此以後，朱元璋就怕文人借古書罵他。什麼「作則垂憲」啦，什麼「垂子孫而作則」啦，什麼「儀則天下」啦，「建中作則」、「聖德作則」，只要你說「作則」，他就認為你罵他「作賊」；「取法」就是「去髮」；「帝扉」成了「帝非」，形似音近，都成了誹謗嫌疑。後來的康熙、乾隆還不是抄老文章麼？「壺」就成了「胡」，跟「生」就成了「僧」，還不是一樣的！只要挑起字眼兒來，說話寫字可就不容易了。

（51-01-05）

楊長公的「不得已」

　　曆書從丁氏八千卷樓藏的《寶裕四年會天具法曆》看來，宋代已是有的了。明代有《大統曆》，清代叫《時憲書》。因為清人推算比較精密一些，較明曆是進步的，可是有些缺乏自信心的人，就說這是西法好！在順治二年，用了德人湯若望跟比國人南懷仁同入欽天監，造《時憲書》這時有位安徽歙縣人楊光先，字長公，他獨抗疏斥責湯、南。他反對《時憲書》上印「依西洋新法」字樣，他是說他們「件件悖理，件件外謬」的！那時清廷的禮部，當然不准。他在康熙三年親去叩閣，進所著《摘謬論》，又有《選擇議》也是指摘湯若望的。他在曆法上是自有根據的，因為曆算學太專門，這裏不用說，他所排斥的在他們這些洋人借宗教來侵略中國，所以他以「不得已」來題作書名。因他也有道理，便授欽天監右監副，不久陞監正，當湯、南他們仍不斷地壓迫他，康熙八年，將他革職，南歸的途中，給西洋人毒死了。在抗美高潮掀起的今天，楊光先的精神，是值得我們學習的，為學術爭是非，力拒文化的侵略，不惜身殉，他的膽力在從前帝王時代，總算是少見了的。

飲虹（51-01-05）

186

牛女傳

關於牛郎織女的傳說，《荊楚歲時記》上所載最簡單明白：「天河之東有織女，天帝之子也。年年織杼勞役，織成雲錦天衣。天帝憐其獨處，許嫁河西牽牛郎。嫁後遂廢織紝，天帝怒，責令歸河東，惟每年七月七日夜渡河一會。」明代邊華泉〈七夕〉詩就有「天上夫妻合」這一句。本來這故事是很有道理的，在我們現在看來，婚姻是一件事，工作是一件事，不能因結婚而妨害工作；以勞動觀點立論，織女的『廢織紝』該受批判與處罰，無所用其憐憫；然而自從有了小說，或把這故事搬到舞臺演成戲劇，又歪曲了事實。取這故事作小說的，該推明末朱名世的《新刻全像牛郎織女傳》四卷為最早。據說此書有萬曆仙源余氏刻本，我沒有看到過。全書說有四十九段，孫子書君在日本見到的。我們但從這四十九段的標目看起來，知道穿插了不少情節，如鳳城恣樂中引女喚男為可意歌、如意君，男喚女什麼心肝肉、性命根，看得叫人作嘔！

雲師（51-01-05）

燕谷老人與《續孽海花》（上）

可瑞送來燕谷老人的《續孽海花》，這四百六十四面包括十五卷三十回的鉅製，我費了兩天工夫一口氣便讀完了。關於作者張璚隱（鴻）這老人，我知道他是作西崑體詩的，是當日《西崑酬唱集》中詩人之一。沒想到在他七十高齡，來寫作這部在他算是處女作的長篇小說。他續曾作是接第三十回，曾所自續作的五回，他認為可以並行不悖，他從第三十一回送金雯青靈柩回蘇州起，一直敘到賽金花向瓦德西說為克林德建碑坊，促成和八國聯軍訂和約而止。中間是有戊戌與庚子兩大風波，作者輕輕的將這三五年中內外大事，借幾個男女往還，穿插連貫，畫出一個輪廓，不能不說他有舉重若輕，行所無事的本領。我對於「續什麼」的小說，向來不予重視，雖不是說凡續的皆是「狗尾續貂」，然而續編能與正編等量齊觀的，的是罕見。惟有燕谷老人的《續孽海花》，當是例外，我們不誇張它寫得勝於正編，兩作者筆路縱不盡同，但可以說絕不讓於正編，然兩書同為成功的作品，可無疑義。

（51-01-06）

188

燕谷老人與《續孽海花》（下）

　　要說這書的缺點，我認為就是第二十六卷斬了六君子，下二卷穿插楊崇伊（書中作尹震生）跟沈北山兩人的事。二十九與三十卷即直敘八國聯軍入北京，似乎過脈嫌不夠，戊戌政變說得何詳，而義和團又說得何略。結尾不免太匆促了。然而在他這書中不乏補舊史之闕的材料。如三十九回「蘭鮑同堂洛閩分黨派」，記汪鳴鑾受翁同龢暗示彈劾孫毓汶去職的內幕。在書中汪作錢唐卿，翁作龔和甫。作者是翁的鄉里後輩，所以對他的性格很熟習。向來都說翁是康有為的薦手，而作者說他新舊兩邊皆得罪了，弄得一邊不討好；要不是深知其人，不會這樣說得倒斷。還有一些事，是大家平昔所不知的，如說譚嗣同那位老師蟄老人，他在貴溪山中跟著住了很久，如果這是史實，就從來不見記載的。又立山跟載瀾，究竟為著綠柔，還是為著賽金花而交惡？因《續孽海花》的提出，也成了問題。若論文字的技巧，曾孟樸所作前編，其時是在中年，故才情煥發，藻繪動人；續編是以七十老翁為之，不免有「歸諸平淡」的地方，但是也各有各的特色，不必軒輊其間的！

（51-01-07）

189

舜的妹子

在古史上，關於舜的傳說，除了《孟子》跟《史記》以外，還有不少資料。《史記》說他是冀州之人，《孟子》作東夷之人。父名瞽叟，說是一個「盲」，又說是「頑」；算是黃帝的八世孫。他母親據皇甫謐說，名握登，生舜於姚墟，因此姓姚。她死後，瞽叟又續娶，是舜的後母，《史記》稱她為「嚚」。其弟象，是舜的後母所生，《史記》稱他為「傲」。至於舜的妻，向來傳說：堯以二女妻舜，以觀其內；《書》云即娥皇、女英，然按世本該是舜的曾祖從姑輩。舜的父、母、弟照舊說都是與舜不相得的，他們都恨舜，而且謀殺過他。謀殺有三次：一是使舜完廩，想用火燒死他。二是使舜浚井，想用土活埋他。三是飲以藥酒，想毒死他。前面兩次，《史記》與《孟子》記載略同。最後一次見馬驌《繹史》。但是舜有個妹子，據〈帝王世紀〉載，舜妹敤首，與舜相得。祖君彥檄隋煬帝云：「蘭陵公主逼幸告終，不圖敤首之賢，反蒙齊襄之恥。」是比典六朝人已引用之。這個妹子也許是舜同母而生，可是史傳多不詳。在山東唱鼓詞的，有取舜的傳說作題材的，多得以形容封建家庭的罪惡。但是就沒有說到敤首的，其實這倒是滿有意思的一個腳色。

飲虹（51-01-06）

爆仗

爆仗店正忙著收舊紙，捲火藥，裝爆仗芯；因為它的旺季到了。平常我們文雅一點稱之為爆竹，實在沒有爆仗兩個字的聲音來得親切。彷彿爆竹是專指鞭炮講的，儘管它從來並沒有過界說，我總是這樣想法。爆仗除了鞭炮以外，還包括各種花炮。鞭炮連同「天地響」之類，都是屬於聽的；而花炮有可聽，還有可看。在三十年前，我們在年下，成天的玩爆仗，在花炮中我是愛小玩意兒的；什麼「黃煙」、「水老鼠」、「金盅銀碟」，大規模的就算是「蘭花」了。看「黃煙」冒的黃氣，聽「水老鼠」在水裏那「浦」的一聲，很有興趣。至於「三響」、「五響」、「九條龍」之類，別的小朋友愛玩的，我偏不大搞。這些年不知道花炮是否有進步，還是淘汰了？我很隔膜，因為十多年不在家鄉，所以這些玩意兒也久違了。爆仗店忙著做的，怕還是鞭炮居多。新年裏熱鬧的程度，可以從爆仗店的生意旺盛看出來的。的確，人民的熱情用爆仗來傳達也是夠勁的。

雲師（51-01-06）

記任殿卿

只要逛過南京夫子廟的，大概不會連奇芳閣茶樓都不知道罷？至少是二十五六年前，當這茶樓從承恩寺搬到夫子廟的時候，有一個出賣水煙袋給茶客吸煙的孩子，他的小名是叫小罐子的，原先是泗陽人，跟他的老輩子流落在南京，因為跟這茶樓太熟悉了，後來留他下來做一個跑堂的。他擔任跑堂的已是二十年了，勤勤懇懇的服務，差不多老茶客沒有一個不認識他，而他也能認識每一個老茶客，群眾的聯繫，誰也比不上他，於是他成了跑堂的領導人。不獨所有跑堂的樂於聽他的指揮，資方也重視他的能力，極推崇他。只要是奇芳閣的老茶客，誰有困難，這小罐子無不竭力幫他克服的。這樣，他便成了南京夫子廟上的知名之士。最近在雪園舊址又開了一家南園，大家決定約他任這首任的經理，他姓任名殿卿，知道任殿卿，當然不會有知道小罐子的多。由跑堂改任經理，這在廟上還是開新紀錄的。他由於自己的多年的努力，得到這個新的崗位，這是值得稱述的一件事。

飲虹（51-01-07）

鑼鼓

　　鑼鼓是最粗的一套樂器，惟其粗，所以才有它的力量。雖說我現在也怕吵，然而聽到鑼鼓聲還是不討厭的。因為鑼鼓的節奏，簡而勁。小時候還鈔過一本《鑼鼓譜》，現在不知道放在那兒去了？我那時最愛打「唐鑼」和「班鼓」。這唐字在古代多是解釋作大的，但唐鑼是一種小鑼，也許應該寫作「堂鑼」吧？我一直不曾問過內行。至於班鼓，一叫脆鼓。這兩件樂器在一套鑼鼓中算是最細緻的，不過堂鑼的清越，和班鼓的清脆，在鑼鼓中還是占重要位置的。堂鑼是鑼中的前導，班鼓是鼓中的前導；我說這前導兩字不知道確當不確當？假使遠遠的聽一夥人在打鑼鼓，這兩份樂器的聲音是最清晰的給人聽到。從前打鑼鼓坐著打的不算什麼；要講究走著打。邊打邊走，用鑼鼓做進行曲是很相宜的。我們不要小看它是粗樂，以我看在世界樂壇上，還該有它應佔有的地位咧。

雲師（51-01-07）

《濟公傳》

曹四庚所領導的劇團，排演《濟公傳》已至二十三本。趙詔聲的劇團也同樣排演《濟公傳》，現在正出演第三本。兩劇團所演內容，不知是否相同？《濟公傳》的本子，明有隆慶本，清有康熙、乾隆二本。康熙本名為《新鐫繡像麴頭陀濟公全傳》，共有三十六則。它不稱「回」而叫「則」；從〈太上皇情耽逸豫〉起，〈表濟公百世香雲〉，所有的故事都與曹劇團演出者不同，而劇團一本一本地排，故事竟層出不窮，怕是採用坊間最流行的石印本《濟公傳》吧？因為石印本也是一續再續的，不知究有幾集？

我記得在明代傳奇中，也有一種《醉菩提》，演的便是濟顛僧的故事的戲。古本《濟公傳》小說跟《醉菩提》戲曲，大約最接近宋時傳說。田汝成《西湖遊覽志餘》提到的濟顛，和《浙江通志》雖有出入，但尚不過遠。他們都說他是靈隱寺出家，在淨慈寺耽擱較久。年七十三歲，端坐而逝；時為嘉定二年，葬虎跑塔中。在今天他這戲未嘗不值得演，重點在扶危濟貧，為大眾服務。曹君的演技還不壞，所以常年的座滿，今後還不能預料它演到第幾十幾本呢？

（51-01-08）

眼睛

我在二十歲的時候，曾患過眼疾，發現這是沙眼，立即動手術，後來也就好了。在差不多年紀的朋友中，我的眼力還算是好的；不近視，不花光，所以我一直不肯戴眼鏡的。最近我忽然覺得眼力大有退步，而視覺需要用掉全部精力的四分之一，這是薛爾德對於眼睛與健康的一種解釋。他說：你有二十分之二十的視力，你不要以為你的眼睛是完全好的，最多也只可說是正常。也許你可能是個遠視眼，你拉緊肌肉使眼球有正常的視覺，但結果會使你的眼睛過分的緊張。還有一說：牙齒的毛病可以傳染到眼睛的視力，牙齒壞得太厲害，甚至可以使眼睛瞎掉。我知道我的牙齒不見得健康的，又懷疑眼睛是不是受了它的傳染？但眼睛可以因吃力、生病、營養不足而暫時受到障礙。又有人說：在二十五個男人中便會有一個色盲，而女人在二百五十個人中才有一個。我不知我的眼睛會不會有色盲的趨勢？我為著這眼睛，不免擾慮起來，自己對眼睛的知識，似乎太缺乏了。

飲虹（51-01-08）

典當舖

典當舖從什麼時候就有的呢？有人說是始於宋代，並且說是和尚們開例的，典當舖就設在廟裏。據《老學庵筆記》說：「今僧寺輒作庫質錢取利，謂之長生庫，極為鄙惡。」《夷堅志》也說：「永寧寺羅漢院萃眾童行本錢啟質庫儲其息以買度牒，謂之長生庫。鄱陽並諸邑無問禪律悉為之。院僧行政其徒智禧主掌出入，慶元三年四月二十九日，將結月簿點檢架失去一金釵云云。」照此看來，這話尚可信。別的長生猶可，這長生庫進去是不會有好處的。這些和尚不但不生產，而且還是剝削階級，不怪老陸要覺它『鄙惡』了！在《五代史‧慕容彥超傳》，也提到置庫質錢的話，也許在五代時已早有這辦法了，而到宋代這些和尚們更經營起這典當事業來。彥超是在兗州作鎮，算是北方的例子，陸洪所談是南方的和尚，是不是由北方開風氣，傳播到南方的呢？我不敢臆斷。

雲師（51-01-08）

柴室記

有幾位讀友致書於我，稱「柴室小品」為「紫室小品」，這「柴」、「紫」二字極近似，最容易搞不清。我為何取此書齋名？應該加以說明才好，於是作〈柴室記〉。

說起來怕已有十五年了。那時我們的住宅在南京城南，已是城牆根了，那條街叫做小英府，舊名該是周處街，離著孝侯讀書台甚近。那所宅子共四進，我住最後一進，因為臥室中書堆得太多，於是打開後窗，將原有的柴房收拾一下，添了一架屋，就成了新的書齋，取名柴室，一是不忘舊，二是紀念鄭柴翁，因為他的《巢經巢詩集》是我那時最愛的一部書。我這樣做，很有些像姚茫父在北京，把蓮華寺的佛堂，改成了弗堂。我是改房為室，依舊還是柴字。平時這柴室只有我自己坐坐的，後來我遷往前進，我那友人所書「柴室」的匾便跟著搬了家。未幾宅毀，連那匾也不存在了，而這名稱今天還被我採用。我的小品並不是在那柴室寫的，而寫這小品的人還是在那柴室坐著的人。至於當時那室確還可以看到紫金山，便稱紫室，也還不差的也。

（51-01-09）

197

記苦鐵

看到齊白石老人所作的折枝花卉，不由我便想起了吳昌碩。這一派芭蕉葉大梔子肥的畫，吳氏的學名是早於齊氏的。吳原名俊卿，字倉石，又號缶廬，一作老缶，並常署名苦鐵，安吉人，是個秀才出身，以丞尉在江蘇候補，曾權安東知縣，他刻一小印云：「一月安東令」。他的畫從青藤雪個變化而出。那時楊藐翁住在蘇州，他去拜門，跟楊學的。因為跟吳清卿很接近，所以看到的東西不少。端方任兩江總督時，特地請他入幕府。他的篆籀的工夫很深，治印尤其拿手。有人說，他與吳讓之、趙撝叔是近代三大印家。他在治印中也是獨往獨來，一空依傍的。他有首刻印的詩道：「膺古之病不可藥，紛紛陳鄧追遺蹤；摩挲朝夕若有得，陳鄧外古仍無功。」這種創造精神是值得欽佩的。白石老人的作畫多少是受他的影響。不過，有人說他的晚年，無論是印也好，畫也好，代筆之件很多。假使不善辨別的話，可能弄到假的。說假的也不妥當，因為畫的題款，印的邊款，又的確是出他老的親手，這怎能說是假呢？

飲虹（51-01-09）

紅錢

我們現在都是拿貼新春聯來比作古代的換桃符，這比方並不恰當。與其說春聯，不如說紅錢了。這種紅錢應該說是一種民間的剪貼藝術。用一張紅紙，上面雕空，有的剪作「如意」，有的是「麒麟送子」，另取金紙剪個「福」字，貼在中央。每一道門上，必定要貼一張紅錢；小的紅錢還有的貼三張、五張的。就是家堂和供灶神處也有此例。紅錢需要的普遍過於春聯，不貼春聯的人家，只消貼了紅錢也就行了。我們家鄉還有一個迷信，就是說紅錢還能治病。遇到發風疹子的人，用陳年老紅錢在患處揉擦，就會好的。陳年老紅錢上面積灰塵很多，當然是很不衛生的。還有有喪事的人家，他們不用紅錢，卻另有一種黃色的可以替代。

雲師（51-01-09）

腰鼓聲在門前

　　朋友們的子女都紛紛起來要求參加軍幹，這是值得可喜的事。其中有的是本來在家庭裏不免有些嬌生慣養的；在這次的號召下，居然下了決心，要在大時代中鍛煉自己。今天一陣陣腰鼓聲，打我門前經過，在隔壁我的一位表侄，他有個兒子佩帶了紅花，拿著紅信封裝著的請柬，交給他爸爸，要他爸爸去出席區上辦的歡送會。隔巷那位楊君，我知道他的祖母是捨不得他去的，而他在說服父親以後，又說服了祖母；終於由學校選出，又經核准。今天在他家門上貼出了捷報條。他父親來看我。我對他說，你不是愛讀方望溪的文章麼？那一篇〈記左忠毅遺事〉，史可法不是說，吾師心腸真鐵石鑄就！我們這下一代，他們的意志也是鋼鐵煉成的！我們應當鼓勵他們，愛護他們，佩服他們。你這光榮的父親該幫著他向祖母說服才好。我正對他說時，門前又有腰鼓在響著。我說：「這不知又是向那一家報喜？」他也高興得笑了。

（51-01-10）

顏回之死

　　抗戰時期流亡在四川的時候，有一天，有一位同學寫了一篇小文，在壁報上發表，題目是〈顏回之死〉。它的大意是這位顏回太不重視營養了，一簞食，一瓢飲，這樣使他短命而死，自是意中事。趁我們還沒有三十歲，要早早注意營養，免得步顏回的後塵。我有位朋友陳邦賢先生（即《中國醫學史》作者），他提倡一種有計劃的吃飯，就是每天每人需要蛋白質多少，熱量多少，脂肪多少，礦物質多少，維生素多少。他說，中國人只求吃飽，只要吃得有味，這必需改良的。他不贊成四川人用蒸飯的法子，將飯汁去漿衣服。他倒贊成吃包穀粉，加些許糖和成餅，用油煎的吃。我最同意他那餅乾的設計：就是取豆渣一斤，略為炒乾，又麥麵半斤，加些油鹽，這樣烤出來的餅乾，是又營養，又便當的。他主張煮菜，也只要在滾水中煮兩分鐘，將細菌滅殺即可，使丙種維生素還存在。用豬或雞鴨血切成小塊和豆腐青菜一道煮吃，也對身體有益。我笑說：「可惜顏回沒有像你這樣的師友，所以要有不幸的下場了！」

飲虹（51-01-10）

醬園

　　牆壁上寫的大字，在我印象中有兩樣：一是「當」，一是
「醬園」。北京前門外那家「六必居」的市招，據說是嚴嵩寫
的，似乎它在明代嘉靖年間就開門了的。醬園製醬多是在三
伏天氣，並且要寫「姜太公在此」五字。隨園隨筆上說，有
人問過袁子才：「何以醬園要貼姜太公在此呢？」他說：「姜
太公不善將兵，而善將醬（將）！」這當然是一句笑話。可是
有人根據顏師古〈急就章〉：「醬者百味之將帥，醬領百味
而行。」硬說袁子才的話據此，這未免有些牽強附會了。醬
園，在現今說起來，是農產製造，可以算做一種農業的小工
業。瓜皮菜葉，有許多不可口的，一經泡製，也成美味。它能
使廢棄的東西變成有用的食料，而且為大眾所需；用大字寫在
牆壁上做廣告，還可以說。那典當舖就非其倫比了！

　　　　　　　　　　　　　　　　　　雲師（51-01-10）

談紙（上）

　　自蔡倫發明造紙，我國紙工業就逐漸發達，紙的名稱也愈來愈多，看了它的名稱，便可知道它的質料是怎樣的不同！《說文》上解釋這紙字，紙從系，氏聲，古人書於帛，故裁其邊幅，如絮之一苫。「釋名」上說：「紙、砥也。蓋以搗絮為紙。」我們習聞的紙名，約有二十多種：1.繙紙，《初學記》：「古以縑帛，依書長短，隨事截之，名繙紙。」2.麻紙，以生布作紙，絲梃如故。3.縠皮紙，亦名楮，楮乃扁縠，縠乃桑縠楮皮用來作紙。4.藤皮紙，是藤皮製成。5.蠶繭紙，《法書要錄》上說：「王羲之用蠶繭紙鼠鬚筆，寫〈蘭亭〉」。《國史補》也說到繭紙。6.三韓紙，即高麗紙，古有三等：上者宣德鏡面箋，中為蠻箋，下為歲貢的。7.松皮紙，日本所仿製。8.蜜香紙，出大秦，一稱香皮紙，色微褐，紋為魚子，極堅韌。9.側理紙，晉武賜與張華的。10.苔皮紙，據說也是日本出的。11.藤紙，出四川。12.竹紙，出江南。13.凝霜紙，出安徽黟歙各縣。14.麥麭稻桿紙，出浙中。15.銀光紙，齊武所造，贈王僧虔的。16.雲藍紙，段成式在九江造的。17.蠲紙，溫州特產。

（51-01-11）

談紙（下）

18.由拳紙，出浙江烏程。19.澄心堂紙，南唐李主造。細薄光潤，是紙中極品。20.黃白經箋，匹紙長三丈至五丈，有藤白，有觀音簾，皆出江西。21.彩粉蠟箋，羅紋箋，出浙江紹興。22.漿粉紙，宋都臨安時造。23.連七紙，永樂時江西西山造。24.榜紙，浙之當山，廬之英山所產。25.奏本紙，出江西鉛山。26.潭箋，松江產。27.素馨紙，宣德時製。28.倣紙，長安水丘傳所仿竹紙而製的。

這些各地方有名的紙張，多是手工業。古名「抄紙」，有經過五抄、六抄的。紙幅折成葉，叫做「版」，一名「番」，後來每紙百張，就名「一刀」，五百張謂之「大刀」。陳後主供智者「藤紙一墮」，這墮字現在用得很普遍；什麼書籍紙張一墮兩墮的。又有人根據《漢書·成帝趙后傳》有「發篋中藥二枚，赫蹏書。孟康說：蹏猶地也，染紙全赤。應劭也說：赫蹏，薄小紙也。」還有《三輔黃圖》說：「衛太子以紙塞鼻。」這皆在蔡倫以前，可見蔡倫以前就有紙了。也許紙的歷史已極悠長，但機器造紙以來，手工造的紙，都成陳跡。這裏所談的，只是紙的史話而已。

（51-01-12）

吉利話

當這新年到來，朋友相見一定要說吉利話；就是作春聯，也多是寫一些吉利話頭，以往所慣用的，無非三多五福之類，但細加分析，三多五福，並不一定是吉利話。《讀書脞語》云：「《莊子・天地篇》，華封祝堯曰，使聖人富，使聖人壽，使聖人多男。無三多之文，堯辭之，則曰：『多富多事，多壽多辱，多男多累，方有三多之文。』」用現在的看法，男女還不是一樣的，又何必多男？多壽也需要對人民有貢獻，否則老是作菜囊飯袋，那又何必！多富有時寫作多福，剝削人家來自己享受，這樣的富，還不如清貧為是。至於五福在壽、富、康寧、攸好德外，還有考終命。考終命就是死，這那裏能說是吉利話，所以桓譚《新論》說，五福是壽、富、貴、安樂、子孫眾多，看著好像吉利得多，事實上與三多一樣，都需要有條件的。在大時代面前，吉利話實有改造的必要。

飲虹（51-01-11）

205

活人

　　那一年我在四川，有位朋友送我一字幅；大約是明代隆慶萬曆間人寫的草書，具名彷彿是張鐸（？）。上面寫的是「問郎花好奴顏好？郎道不如花窈窕；佳人當下發嬌嗔，不信死花勝活人。」張鐸是何人？這詩是誰作的？當時我都不知道。後來在唐寅六如居士全集看到這詩，是一首長歌的前四句。起初也不過認為是男女調情之作而已；未予重視。這回檢出這字幅又懸掛起來，雖然張鐸這人仍然沒有查考出來，然而對這四句詩的看法大不相同了。我認為「不信死花勝活人」這看法，是正確的，拿花比人，這種唯心的玩意兒，早該取消；無論如何活人是活人，不是花。花再窈窕一些，絕不能比活人。嬌嗔二字雖然輕佻一些，但青年少女不免有此一「問」，那一位的回答也不免是故意的，這問答不一定是調情。這裏面還是有可發揮的，妙在用這「活」字加在「人」字上，活人是多麼有生命的字眼。

雲師（51-01-11）

206

明清兩代的曆書

我在〈楊長公的『不得已』〉一文中，只是說到大統曆跟時憲書，那並不是陽曆和陰曆的分別。聞蛩先生以「陽曆與陰曆」的標題，雖然也是兩種曆法，但楊先光所非難西人西法，似乎還不是現在的陽曆；因為湯若望所進二百年曆，並非西曆，他擇榮親王葬期，不用正五行，反用洪範五行，不過犯了忌殺；所以他幾乎送掉命。楊氏用的曆法不免舊點，每天十二時分一百刻，而他們的新法是做九十六刻。吳興周氏舉明清曆書不同之點有六：1.明代大統曆於每月上旬，只作一日、二日、三日；清代時憲書就作初一，初二，初三。2.明曆於一日上不註「合朔」，清曆註時刻甚詳。3.明曆對於上弦、望、下弦，也從來不記時刻，而清曆有之。4.明曆月內註有盈、虧，清曆無之。5.明曆講節氣，只標時刻，沒有分數，而清曆既記刻，又記分。6.明曆建除十二辰在二十八宿下，如「建鬼」；清曆恰相反，建除十二辰在二十八宿下，如「危建」。十二辰即建除、滿、平、定、執、破、危、成、收、開、閉。二十八宿是南方：「井鬼柳星張翼軫」，東方：「角亢氐房心尾箕」，北方：「鬥牛女虛危室壁」，西方：「奎婁胃昴畢觜參」。大體說來後人勝過前人。湯若望、南懷仁也好，楊長公也好，他們的爭執還不是陰曆跟陽曆，連明曆清曆，說起來都還是陰曆。

飲虹（51-01-12）

張獻忠的打發

　　李自成所領導的農民革命，現在重予以批判，認為他是起義的。當時「張李」並稱，對於張獻忠又如何看法呢？不過，四川人談起張獻忠來沒有不色變的，原因是他殺戮過度，他自稱打發這個人，實在是愛這個人；他說收拾他，就是將全家都解決。他個人的心理多少是有些變態的，新科張大受，他由於愛極了，怎樣表示熱愛的友誼呢？就是殺。在彭遵泗的《蜀碧》，有一段記載，記他酷好朋友：「遇相知，徹夜歡飲不懈，及去，厚贈之。而預遣人伏中途，斬其首，歸納櫝中，載之以隨。軍中獨飲不樂，令人啟櫝，曰請好友來。取頭遍列席間，持盞酌勸，歡洽若對生人者，名為聚首歡宴。」這樣的宴而還能歡，不說他是變態心理是不可以的。廣漢那七殺碑，成都郊外的筆塚等，我都曾去看過的。想張獻忠這個人起兵之初，絕不如此；他對那些紳縉的報復是為大眾訴不平，後來這樣談友愛，打發起朋友來，該屬於病態了。然而他畢竟是個坦白的人，不搞什麼暗箭傷人，還是值得稱述的。

雲師（51-01-12）

208

梁山上的兩南京人（上）

恰巧手邊就沒有《水滸》。我記得梁山泊裏就不只兩個南京人。但是給我印象最深的，便是那建康府的土著拚命三郎石秀。從石秀的行事看來，也許因為他在北方耽得久，所以他的性格跟二年前的南京人很不相同。第一，他好（去聲）事，他慣打不平；這與「樹葉落下來，怕打破了頭」的南京性格就不一樣，潘巧雲和海闍黎的首尾，他自己並不是親夫楊雄，何必管人家的事！要是在二年前，至多暗地裏告訴一聲楊雄而已。第二，他本是打柴為生的，他自然是一個憑勞動力吃飯的人，碰到楊雄和他結拜，又百般的愛護他；像他那樣的感恩，這種恩怨分明的脾氣，以及他對潘老丈等人的態度，似乎不那麼「圓熟」。這自然是近代社會比當日複雜了。會處世的人也會隨時改變的，再說石秀在山寨去攻打祝家莊的時節，他肯去臥底，吃他們捉去，這種傻事，他偏肯幹；他爽直，他機警，他又這麼嚴正不苟。我並不是說近代的南京人便不這麼樣，不過像這麼樣的，究竟比較少。

（51-01-13）

梁山上的兩南京人（下）

除了石秀，那個被稱為天醫星的安道全，也是一個典型人物。後來有多少小說都套《水滸》這情節，逼著一個醫生去到監牢為他們的頭領診病。安道全的被逼上梁山，為的是給宋江診病；要好好的請他，他一定不去；必須在妓院造了血案，寫了血書，說：「殺人者安道全也！」這樣，他也就乖乖入夥了。在這一點上，倒是符合一部份南京人的「吃這一杯」性格的，他絕不自動的去喝，非要等你的「按頭」；正確一點說，在南京的一般小資產階級，是有這缺點的。安道全的醫道，在那時當然是傑出的，南京雖然不像武進孟河那樣以出產醫生著名，然而名醫的確也不少，到今天還是這樣。可惜像安道全樣不肯在學術上更深一步的去鑽研，偏偏愛「玩笑」。我有好幾位醫生朋友，年紀還不到四十，他們也走天醫星的老路，我常笑他們是現代安道全。然而他們並不曾有過上梁山的氣魄。我久想再找一部《水滸》來溫習，每讀一過，必多少有點新見。今天是偶然想到這書中的二位，石秀與安道全，雖說兩個都是南京人，但兩人性格差異就很大。

（51-01-14）

金盞銀台

　　臘梅開了，在一位老友的案頭，看到折枝臘梅插在膽瓶裏。我指著笑道：「這正是它的季節。」我那老友說：「不，以往我們這時不是正忙著水仙花麼？」不錯，往時在這會兒正要移水仙在盆中了。水仙花是又叫做「凌波」的，還有一個特別的名稱，也是最通俗的，叫「金盞銀台」，以單瓣為最好，它需要水，好重肥，如果種得不合法，那只有葉就不會長出花的。我們家鄉的風俗，說「水仙是痧神痘神的舅舅，」有吃奶的孩子底人家，必定要放水仙花一盆過新年的。它是福建漳州的特產，我在福建曾聽到許多關於水仙花的傳說。每年六七月，要用薄薄的肥水，或酵足了的人溺，拿它浸兩天，曬乾了，再懸掛在暖和些的地方。到九十月，用廄肥拌土種下它去，每天要澆肥水，那麼就會葉茂花長的了。假使只埋肥土而不浸懸，花葉便無足觀。十二月裏將它掘起來，密排在盆中，取砂石實其罅隙，並還時潤以水，日曬夜藏，不給它見土，花頭一定高出葉上，然後再用清水一盆盆地養起來，那便完成金盞銀台的供玩了。

飲虹（51-01-13）

撞翻兵艦

國民黨反動政府真是談不上什麼海軍，那時在重慶只有一條兵艦，往來重慶萬縣之間，駛行既緩，又復常常闖禍。有一位四川的名打油詩人賦得一絕。詩云：「重慶東來才七天，幾乎趕上柏木船。寄語沿江船老闆，撞翻兵艦要賠錢。」這一段距離，下水還要行走七天，這才字下得真刻薄。幾乎趕上柏木船，這一句尤其可笑，請問兵艦趕木船，成什麼話，何況還是「幾乎」！至叮嚀囑咐這些木船老闆不要撞翻兵艦，更是笑話！這不獨連袖珍兵艦的稱謂都不配，簡直就是紙紮的兵艦了。這打油詩用川音讀出來，真是聲調鏗鏘，聽到無不捧腹。假使要談打油詩的派別，我是佩服這些川派詩人的，而這一首撞翻兵艦的佳作，也可以說是標準的一首打油詩咧。

雲師（51-01-13）

212

燭臺

　　朱翔清的《埋憂集》卷三，記彭芸楣在某省督學時，正援筆將出文題，有位教職說：「此地是從來沒有作文之例的；只須出個對子考考就行。字多也不成，最好是出一個字。」他就出了「柴」字，一生對「炭」。那教職說：「這一定是第一。」等一會兒，又一生交卷，在「柴」字旁，別寫一個「柴」字，教職說：「連這位就算是好的了，他還記得這題目，別的怕連題目都忘了。他就該考第二的。」果然在此人以後，就沒有完卷的。因此，我想起小時候聽到的一個笑話：有三個考生應考，試官指著案上左邊燭臺，出題云：「燭臺」。一生眼望著右邊的一個，對云：「燭臺」考官大加讚賞，道：「看左邊的就用右邊的來對；這一份的悟性值得嘉許。」另一生想了半天，也用「燭臺」來對，考官道：「也好，也好，你的記性不錯。」剩下的一生，左想右想，對不出來，最後哇的一聲地哭了。考官道：「他們一個是悟性好，一個是記性好；你也可謂有氣性的了。」於是三個考生都被錄取。從這個笑話告訴我們，批評的尺度不可太寬，不然，就像這燭臺對燭臺，用悟性、記性、氣性，都可以作為掩飾之詞了！

飲虹（51-01-14）

雨具

在雨衣雨帽還沒有推行的時候，最通用的是傘。但是傘這名稱，有地理上的差別，譬如有些地方就是叫「擎子」的。也有時代上差別，古只有簦，說文上簦字注：蓋也。笠字注：簦無柄也。這簦就是傘，傘字又原來作繖。《晉書‧王雅傳》：「雅遇雨，請以繖入。」這是繖字最早見於書本上的。《史記‧五帝本紀》有舜以雨笠自托而下，皇甫謐注云：「繖也。」崔豹《古今注》：「太公伐紂遇雨，乃為曲蓋。」這也是繖的別稱。舊日蘇州人呼繖為持笠。《三國志》有忘其行軒，有人疑心行軒就是繖。至這傘字始見唐碑〈吳嶽詞堂記〉，它也習用得很久了。從扦笠這說法看來，傘是出於笠的，無柄之笠進步為有柄之笠，那便是簦。再由需要手持的傘，又改變成現代化的雨衣雨帽，這當然也是進步。望著像走的是舊路，實際上是雨具一大改革，並非復古而是進步。

雲師（51-01-14）

《洪秀全演義》的作者（上）

　　《洪秀全演義》這部小說，是值得稱讚的；因為在它以前，還沒有站在太平天國的立場說話的著作。此書在光緒三十一年（一九○五）的香港《有所謂報》和《少年報》刊載過，大約登到五十四回。過了一年，香港《中國日報》才發行完整的六十四回本。前面有章太炎的序文，跟作者黃世仲的自序，附例言二十二則。世仲作此演義，無非宣揚民族思想；所以自序中說：「四十年來，書腐國亡，肆口雌黃，髮逆洪匪之稱猶不絕耳。殆由曾氏大事記一出，取媚當世，遂忘種族。既紀事乖違，而李秀成供狀一書，復竄改而為之黑白，遂使憤憤百年亡國之慘，起而與民請命之英雄，各國所認其為獨立相遣使通商者，至本國人士獨反相沿而污之，怪哉！吾蓄慮積憤，亦既有年……」，據他自己說，做小孩子時聽他高曾祖在談洪朝的事，又在廣州某寺，認識了個璜山和尚，這和尚曾在侍王幕府任過事。所以它的材料，不盡和別的記載相符。全書極力模仿《三國演義》。不過，他認為太平諸王兄弟相稱是平等，開科是男女平權，遣使通商是閉關自守政策的一大改革。這些見解在那時是極進步的思想。

（51-01-15）

《洪秀全演義》的作者（下）

　　黃世仲字小配，一作配工，別署禺山次郎。廣東番禺
人。十六歲從南海朱次琦受學，他跟康有為是同門，而且他
們還是通家。常常為著很小的事打架，因為世仲與有為，兩
人皆是性情詭誕的。在乙未（一八九五）年左右，他為了家
道中落，就隻身往南洋謀生活，在星加坡、麻六甲等地開賭
窟，很弄了一筆錢，又讓他一夜工夫輸掉了。於是他才開始
和報紙接近，賣文為活。在陳少白辦《中國日報》以後，接
著便有了《世界公益報》、《廣東日報》、《有所謂報》、
《少年報》，那時康有為入了仕途，他卻發表排滿革命的政
見。後來又正式參加同盟會。民國後，他被舉廣東民團局
長，後來讓陳炯明以侵吞軍款的罪名，將他殺掉。他所寫的
小說，除《洪秀全演義》外，有四十回《二十載繁華夢》，
還有十六回的《大馬扁》。大馬扁就是說康有為是個大騙
子，我疑心那《康聖人演義》就是「大馬扁」的翻版。我在
本報曾提到過，卻沒有說到那小說是誰作的。不過這書中講
繆寄萍（影射繆季平），還有妓女花鳳林，《康聖人演義》
好像沒有說過。也許是兩部同題材的小說。他所作的三部
書，《洪秀全演義》是最成功的一部。

（51-01-16）

岳飛之妻

有一年，我經過南潯路的沙河站、當地有座臥虎山，同車的指著告訴我說：「岳飛的母親的墳，就在這兒，是著名的古跡。」她為什麼葬到此處？我心裏非常奇怪，可是一直不曾查考。其實，岳氏的家屬，說起他的妻子來，倒是有問題存在的。宋史說他的妻子是李氏，但他元配卻是劉氏。據李心傳的《建炎以來繫年要錄》載：「忠武初在京師，其妻劉氏與姑留居相州，及姑渡河，而劉改適。後在淮東宣撫處置使韓世忠軍中時，忠武已為湖北京西宣撫使，世忠令復取之；忠武遺劉氏錢三百千，以其事上聞。且奏「臣不自言，恐有棄妻之謗。」詔答之。這件事在紹興八年六月。劉氏為什麼要改適？葉廷琯的揣測：「當是不得於姑，如陸放翁前室唐氏事。」這不過是揣測，因為沒有事實根據的。陸定圃的《甦廬偶筆》講起明代錢士升。《南宋書·岳飛傳》也有「故妻更嫁」的話，可是被梁玉繩罵了一陣。宋代名人的母妻改嫁，例亦很多，如范仲淹母等，從來不諱言的。飛的孫子倦翁所編次的《行實編年》的〈天定別錄〉都辨正此事。然而分明是劉氏、李氏，他結過兩次婚的。

飲虹（51-01-15）

朝食

在我熟識的人，像呂誠之教授（思勉）就是廢止朝食的。如果他至今還沒有改變的話，他至少已是二十多年沒有朝食的習慣了。像我們的家鄉每早多半是吃炒飯的，這跟四川在早上煮乾飯吃是一樣的。有些高年的人老是說：「若要飽，早上飽。」我對這說法不大敢贊同，因為朝食稍多，常常一整天都不大吃得下。醫師們對我說：「每天晚上最好少吃，這樣可以睡一個安逸的覺。」也有人主張中午少吃的。四川人「過早」多在午前九十點鐘，到下午二時左右，才去「燒午」；而「消夜」又是晚上八九點鐘。我尚無停朝食的試驗，不過我覺得吃飯的時間須得調整。如採取兩餐制，那麼就沒有什麼朝食不朝食的了。打算每天早七時起身，工作三小時，在十點鐘吃一次飯。休息一小時；再工作四五小時，在下午三四點鐘再吃一次飯，又休息一兩小時。晚七時就寢。像這樣分配，兩餐足夠了。朝食的問題似乎也可隨之解決；能實行成為習慣，我想沒有什麼不可以的。

雲師（51-01-15）

打春故事

　　二月四日是立春節。在古代，對於春節的制度向來看得很重，據《漢書》載：「太守有行春之文。」顧祿的《清嘉錄》說吳俗是「先立春一日，郡守率僚屬迎春婁門外柳仙堂。鳴騶清路，盛設羽儀，前列社夥，殿以春牛。男婦爭以手摸春牛，謂占新歲造化。」有一句諺話，叫做摸摸春牛腳，賺錢賺得著。袁宏道作過一首〈迎春歌〉。迎春之外，還有打春，更是好耍，蔡雲的《吳歈》有一首道：「春恰輪當六九頭，新花巧樣贈春毬。芒神腳色牢牢記，共詣黃堂看打牛。」注曰：「立春日，太守集府堂，鞭牛碎之，謂之打春。農民競以麻麥米豆拋打春牛，里胥以春毬相饋贈，預兆豐年，百姓買芒神春牛亭子置堂中，云宜田事。」此外在《隋書禮儀志》中有所謂「彩仗繫牛」是即後來的打春。孟元老《東京夢華錄》載：「立春日絕早，府僚打春府前，百姓賣小春牛。」這跟吳自牧《夢粱錄》記的大致相合；足見到宋代已是有打春的儀節了。晁仲之詩：「自慚白髮嘲吾老，不上譙樓看打春。」也看出打春是滿熱鬧的。我小時候曾看過江寧府的打春，在大堂下，還插著一管子，中間有一根雞毛，在那雞毛吹起時，便叫道：「春到了！春到了！」然後打春，一府兩縣都在一道；種莊稼的朋友，這時沒有一個不高興的。

飲虹（51-01-16）

《泡影錄》

讀余蒼先生記吳稚暉早年的文章筆調，煞是有趣。吳曾自稱他得力於《何典》，就是那「放屁，放屁，真正豈有此理」。因此我想起彭遜之（名俞，原籍紹興，後來著籍溧陽）的《泡影錄》來。這一部小說刊行於光緒丙午（一九○六），甲編共八回。它的主旨，是在寫新舊遞嬗的時代，舊的崩壞，而新的還不曾真的建樹起來。

例如第一回敘廷彥考上秀才，朋友劉雄等置酒相賀。當時酒過三巡，廷彥忽然放了一個啞屁。卻說屁有兩種，一是胃裏的養氣偶然不順，搏激而出，其勢甚急，所以聲音極響，卻不大臭，這種喚做響屁；一種是腸裏的炭氣，薰蒸鬱勃，洋溢充滿，舒徐而出，其勢甚緩，所以絕無聲響，然卻極臭，這種喚做啞屁。有論屁詩一首為證，詩曰：世上誰非放屁人，大家只有屁隨身。好隨屁氣論聲勢，響啞都從緩急分。接著接「雖然自己不嫌臭，若被人知總覺羞」、「當筵放屁已堪笑，愛屁尤為不近情」、「先生有屁何妨放，瞞著良朋我不平」、「若非放屁原無話，話到多時屁更多。」分著四段敘下去，無非皆是些屁話，與《何典》作風相近，當亦是吳氏的範本之一。

雲師（51-01-16）

220

菠稜

　　楊澄先生談起廣東酒家愛用一些打燈謎似的菜名列入菜單中。這在平常也有類似的例子，像我們稱菠菜為紅嘴綠鸚哥就是。叫菠菜豆腐是金鑲白玉板，紅嘴綠鸚哥，這多麼富有詩意的名稱。劉賓客《佳話錄》說：菠菜本出西域頗陵國，因轉聲而為菠稜菜。《唐會要》作「太宗時尼波羅國獻菠稜菜，類紅藍實如蒺藜，火熟之能益食味」。蘇東坡的詩：「北方苦寒今未已，雪底菠稜如鐵甲；豈知吾蜀富冬蔬，霜葉露芽寒更茁。」劉子翬的詩：「金簇因形制，臨畦發永歎；時危思擷佩，楚客莫紉蘭。」皆為菠菜而作。東坡說它是冬蔬，這是八九月裏種的。也還有在正二月種，當作春蔬的。據醫師們說，它能通腸胃，開胸膈，下氣調中，止渴潤燥，或解酒毒。又說它富有鐵質，可以補血。通常的吃法是炒，我卻愛燙著吃。用油雞的汁煮沸了，取菠菜燙在裏面，隨燙隨吃，有點夾生更好。看紅色菜頭和綠色菜葉，正有些像紅嘴綠鸚哥，這個雅號是名副其實的。

（51-01-17）

鴉林

　　有一年我在西安，到建國公園去訪問一位朋友，正是冬臘月的一個黃昏，看到公園附近一帶樹木，枝上歇滿了烏鴉。我替它起了一個名字，叫做鴉林，當時為那兒的朋友所樂於採用，大家都叫它做鴉林了。我說起元代馬東籬的一支〈天淨沙〉小令，詞云：「枯藤老樹昏鴉，小橋流水棲鴉。古道西風瘦馬，夕陽西下，斷腸人在天涯。」評論家稱為秋思之祖。馬氏是北方人，這個北國的秋色，在南邊見到時，是要遲得多了。通首不過二十八字，用枯、老、昏、小、古、瘦八字形容的字襯托出那一段光景來。夕陽西下這一句仍是昏字的補筆；而斷腸兩字是純粹抒情。然「在天涯」的人眼中見到這一切，不免處處的傷感的氣分也！因為這是很具體的，一椿一件的數來，所以覺得內容飽滿，像「豬肚」一樣，為當時罕有的佳構。我家後院牆外，也有兩顆大樹，枝上也歇滿了鴉。今天的天氣是陰沉沉的，我雖然並不在「天涯」，而且季節已非秋月；不知為的什麼，馬氏這一支詠秋思的詞，兜的上了心來。這多半為的鴉林的緣故！

飲虹（51-01-17）

叛花

過去歲除習俗，跟嬰兒健康最有關係的，怕就是「禳痘」了。第一，家家要有水仙花，說它是痧痘的舅舅。第二，所謂「叛花」，蘇州語躲藏即是叛，與畔字通，花就是痘。在除夕的深夜（十一時起就叫子時），抱未痘的小兒臥竈下，以紅帕蒙頭，天亮才回到房裏，說這樣痘花就稀罕了。稀罕也是蘇州話，說物事稀少。第三，撒黃豆到床帳頂上，或以紅綠線穿黃豆三粒，放在帳子裏。第四種最簡便的，就是剪一個圓圓的紅紙，釘在帳上，據說這樣也可以禳痘。明代楊循吉〈除夜雜詠〉，有句云：「撒豆禳兒疾」，就是說這種風俗的。現在科學的醫學一天天在進步，種痘是極方便的事，談不到什麼叛花，什麼禳痘了。更不必縶紅帕、撒黃豆，或釘紅紙；最有效的方法就是種痘。也許，再過兩年，這叛花的名稱已成為歷史上的事了。

雲師（51-01-17）

談紙補

　　一八九〇年《通報》卷一上，夏德說到波斯和阿剌伯叫
紙的名稱，是從中國「穀紙」的音轉譯而來，但另有一勞費
氏說，波斯文出於突厥文，字的原意是「樹皮」。《魏書官
氏志》中有一條：「渴侯氏後改為紙氏」，現在的《魏書》
「紙氏」皆作「緱氏」，而《廣韻》、《通志略》、《急就
篇》所引皆作「紙氏」。也許，「渴侯」就是「紙」的突厥
語或蒙古語。前面所說樹皮的那一個字和渴侯正得為對音，
或即此字的漢譯。北魏氏族由複姓改單姓在公元四九五；那
時在中國北方的東突厥族已呼紙為渴侯了。於此證明夏德的
假設不對，而勞費的話是可靠的。波斯薩山王朝時，已用中
國紙，不過僅限於宮廷，未能普及民間。紙的名詞既從北魏
語起源，這紙也是北魏人帶去的。而大食的紙又從波斯拿去
的。雖然，大食說他們在高仙芝兵敗後，才從中國獲得造紙
技術，這並不足信。然而中央亞細亞許多古國能有紙的知識
以及技術，都是從中國去的，這是可以斷定的。

(51-01-18)

抗寒論

一年之中，有夏天那麼熱，就有冬天這麼冷。有人是怕暑，也有人是怕寒，我是屬於前者的。每到中伏天氣，熱得一動也不敢動，因為靜坐便會流汗，簡直衣服非剝光不可。但到了冬臘月，雖然說不怕冷，棉襖皮袍還是要穿的，必要時還得生爐火，帶手套，在落雪天，地上不頂滑的時候，也樂於步行的。朋友中有一兩位，他們在一年四季都是單衫；不過歲數大了，冬天漸漸也勿來事，始而著夾，繼亦裝棉，似乎年紀一增加，抗寒的能力就要減退了。昨天，室內溫度已到零下，與老友歐陽翥教授相見；他居然仍保持單衫，一點兒也不覺得寒縮。他說：「這寒氣是要抵抗的，你能多抵抗一分，它便減少一分。我是絕不把夾襖棉袍縫製的。儘管我是五十三歲，也不算大歲數；與二十三歲，三十三歲時還不是一樣！」我們談了一陣，又在外邊跑了一陣。他才向我告別，回南大去了。他對我所講這兩句抗寒論，我倒覺得滿有意思的。

飲虹（51-01-18）

冰戲

偶閱寶竹坡《偶齋詩草》中有詠溜冰的詩，所謂「朔風卷地河水凝，新冰一片如砥平，何人冒寒作冰戲，煉鐵貫革當行縢。……」這是一首很長的詩，也許大家以為溜冰這玩意從歐西傳來的，冰鞋也是仿製洋人的；那這揣想就錯誤了。乾隆時潘學陞的《帝京歲時紀勝》就說：「太液池之五龍亭前中海之水雲榭前，寒冬冰凍，以木作床，下鑲鋼條，一人在前引繩，可坐三四人，行冰如飛，名曰托床，積雪殘雲，景更如畫，冰上滑擦者所著之履皆有鐵齒，流行冰上，如星駛電掣，爭先奪標取勝，名曰溜冰云云。」是乾隆時此戲已甚流行。他那〈御制詩〉有注云：「國俗常有冰嬉之典，樹旗門，整編伍，士皆緹衣齒履，鵠立以俟，駕前分棚擲鞠，健步爭先，意注手承。及旗分八色，盤旋彌絡，懸球仰射，如凌虛振翼，自在遊行，事畢依例按名頒賚。……」這種場合，我們就沒有看見過了。

雲師（51-01-18）

《庚子西狩叢談》（上）

我曾談到燕谷老人的《續孽海花》，認為記述拳亂經過太不夠詳細，尤其是講義和團的起來，跟八國聯軍入京師，中間這過脈未免嫌草率。過了兩天，張可瑞兄便送來了一部吳永的《庚子西狩叢談》，這五卷書恰好彌補了這個缺憾。書是由漁川（吳永的表字）口述，劉治襄筆記而成，吳氏是曾紀澤之婿，因庚子西狩而升官的一個人，說起來他是在局中的當事人，所以有許多事不為外人所知。也許，此書印得不多，故我以前並未看到。從此書裏，我們曉得一些內幕：第一便是袁世凱對於拳民，起初是奉詔，並即通行所屬「遵旨辦理」，而他那山東巡撫衙門主辦洋務文案，一個候補道徐撫辰（字紹五，湖北人），向他諫阻，他並不聽。徐即擺裝出署，留書告別。剴切申明利害，認為亂命絕不可從，這樣才使袁世凱頓悟，毅然改變宗旨，因是獲得盛名，造就了他後來稱霸的地位，所以吳氏說：「項城後日之豐功偉業，赫赫為全國宗望者，實皆由徐玉成之。」但徐撫辰雖然有功於袁氏，後來卻並未論功行賞，無怪吳氏又說：「大功不賞，可惜尤可歎」了！（此事見《叢談》卷一）

（51-01-19）

227

《庚子西狩叢談》（下）

　　《庚子西狩叢談》卷三中談到載湉（光緒帝），與康
梁口中的英明的「皇上」，便大不相同了。吳氏說：「宮監
對於皇上殊不甚為意，雖稱之為萬歲爺，實不啻為彼輩播弄
傀儡。德宗亦萎靡無儀表，暇中每與諸監坐地作玩耍，尤好
於紙上畫大頭長身各式鬼形無數，仍拉雜扯碎之。有時或畫
成一龜，於背上填寫項城姓名，黏之壁間，以小竹弓向之射
擊，既復取下剪碎之，令片片作蝴蝶飛。蓋其蓄恨於項城至
深，幾以此為常課。見臣下尤不能發語，每次宴見，必與太
后同坐一炕，炕多靠南窗下，太后在左，皇上在右，即向中
間跪起，先相對數分鐘，均不發一言。太后徐徐開口曰：皇
帝，你可問話。乃始問外間安靜否？年歲豐熟否？凡歷數百
次，只此兩語。即一日數見，亦如之。二語外更不加一字，
其聲極輕細，幾如蠅蚊，非久習殆不可聞。」載湉的低能，
竟然一至於此，真是個「兒皇帝」了！還有值得我們參考
的，就是卷四記李鴻章，李氏自我批評道：「我辦了一輩子
的事，練兵也，海軍也，都是紙糊的老虎，何嘗能實在放手
辦理，不過勉強塗飾，虛有其表，不揭破猶可敷衍一時。」
此等言語，不見他書記載。李氏果如此說，倒算是有自知之
明的。

（51-01-20）

228

老虎錢

抗戰時期，曾在重慶米亭子攤上見到一種老虎錢，老虎錢這個名稱，是我題的，並非原有的名稱。這錢約莫有咸豐當百錢那麼大，並非厭勝，卻也不能通行。一面畫一條老虎，另一面鑄的是「大美萬歲」四個字。據老友任梅華先生說：「這是一位留美學生回國後自鑄的紀念錢。」在中國的錢中，這該算是一個最荒唐的錢，也是弄錢譜的朋友當認為最恥辱的一個錢，任先生曾說到那鑄錢的人的姓名，可是我已忘掉了。這怕已是三十多年前的事了。我想這一位患崇美狂疾的美迷一定知道它將現出紙老虎的原形，所以才預為畫一條老虎的，不然，為什麼要這老虎做商標？我們在米亭子要買那錢的話，當時並不值什麼，我們都認為無購置的價值，所以沒有收買一個。其實現在要有一個這老虎錢的話，倒也可以當做美帝對我文化侵略的罪證之一。至於在中國錢幣上，它是沒有保存價值的！

飲虹（51-01-19）

編後說明

1. 本書丙集收錄的，係盧冀野先生於一九五〇年十一月五日到一九五一年一月二十日在上海《大報》、《亦報》上發表的的小品文、小文章。

2. 因其中大部份署以「柴室小品」專欄，故此書即以《柴室小品》命名之。

3. 發表時凡署名「盧冀野」或「冀野」的文章，每篇文後，即不再標注；只有當以其他名字，如「飲虹」、「雲師」等署名的，才在文後另行注明。

4. 每篇文後，我們注出了發表的日期，且全書大致按刊登的先後排列。但也有因發表時間不能確定，或為閱讀方便起見，就會對其中一些的文章的次序加以調整。

5. 雖然編輯此書，本意是將盧冀野先生去世前的那段時期的全部小文章，結集出版，以作為研究盧前先生和那一時代的一種資料。但盧前先生當時在報上發表的小文章非常之多，雖經多方尋覓，仍有相當的佚缺，只有以後再行補充。

6. 由於上世紀四十年代末、五十年代之初，這類報紙的紙張、編排、印刷均比較粗劣。此次輸入及出版的文本中，一定仍有許多舛誤，這裏除了表示歉意，也歡迎讀者指正。

釀文學20　PG0573

 柴室小品
（丙集）

作　　者	盧　前
主　　編	蔡登山
責任編輯	孫偉迪
圖文排版	王思敏
封面設計	陳佩蓉

出版策劃	釀出版
製作發行	秀威資訊科技股份有限公司
	114 台北市內湖區瑞光路76巷65號1樓
	電話：+886-2-2796-3638　傳真：+886-2-2796-1377
	服務信箱：service@showwe.com.tw
	http://www.showwe.com.tw
郵政劃撥	19563868　戶名：秀威資訊科技股份有限公司
展售門市	國家書店【松江門市】
	104 台北市中山區松江路209號1樓
	電話：+886-2-2518-0207　傳真：+886-2-2518-0778
網路訂購	秀威網路書店：http://www.bodbooks.com.tw
	國家網路書店：http://www.govbooks.com.tw
法律顧問	毛國樑　律師
總 經 銷	聯合發行股份有限公司
	231新北市新店區寶橋路235巷6弄6號4F
	電話：+886-2-2917-8022　傳真：+886-2-2915-6275

| 出版日期 | 2011年7月　BOD一版 |
| 定　　價 | 280元 |

國家圖書館出版品預行編目

柴室小品. 丙集 / 盧前著. -- 一版. -- 臺北市：
釀出版, 2011.07
　　面；　公分. --（語言文學類；PG0573）
　BOD版
ISBN　978-986-6095-21-4（平裝）

855　　　　　　　　　　　　　　100009028

讀者回函卡

感謝您購買本書，為提升服務品質，請填妥以下資料，將讀者回函卡直接寄
回或傳真本公司，收到您的寶貴意見後，我們會收藏記錄及檢討，謝謝！
如您需要了解本公司最新出版書目、購書優惠或企劃活動，歡迎您上網查詢
或下載相關資料：http:// www.showwe.com.tw

您購買的書名：＿＿＿＿＿＿＿＿＿＿＿＿＿＿＿＿＿＿＿＿＿＿＿＿＿

出生日期：＿＿＿＿＿年＿＿＿＿＿月＿＿＿＿＿日

學歷：□高中 (含) 以下　　□大專　　□研究所 (含) 以上

職業：□製造業　□金融業　□資訊業　□軍警　□傳播業　□自由業
　　　□服務業　□公務員　□教職　　□學生　□家管　□其它＿＿＿

購書地點：□網路書店　□實體書店　□書展　□郵購　□贈閱　□其他

您從何得知本書的消息？

　　□網路書店　□實體書店　□網路搜尋　□電子報　□書訊　□雜誌
　　□傳播媒體　□親友推薦　□網站推薦　□部落格　□其他＿＿＿＿＿

您對本書的評價：(請填代號　1.非常滿意　2.滿意　3.尚可　4.再改進)

　　封面設計＿＿＿　版面編排＿＿＿　內容＿＿＿　文／譯筆＿＿＿　價格＿＿＿

讀完書後您覺得：

　　□很有收穫　□有收穫　□收穫不多　□沒收穫

對我們的建議：＿＿＿＿＿＿＿＿＿＿＿＿＿＿＿＿＿＿＿＿＿＿＿＿＿

＿＿＿＿＿＿＿＿＿＿＿＿＿＿＿＿＿＿＿＿＿＿＿＿＿＿＿＿＿＿＿＿＿

＿＿＿＿＿＿＿＿＿＿＿＿＿＿＿＿＿＿＿＿＿＿＿＿＿＿＿＿＿＿＿＿＿

＿＿＿＿＿＿＿＿＿＿＿＿＿＿＿＿＿＿＿＿＿＿＿＿＿＿＿＿＿＿＿＿＿

11466
台北市內湖區瑞光路 76 巷 65 號 1 樓

秀威資訊科技股份有限公司 　　收

BOD 數位出版事業部

....

（請沿線對折寄回，謝謝！）

姓　　名：＿＿＿＿＿＿＿＿＿　年齡：＿＿＿＿　性別：□女　□男

郵遞區號：□□□□□

地　　址：＿＿＿＿＿＿＿＿＿＿＿＿＿＿＿＿＿＿＿＿＿＿＿＿＿＿

聯絡電話：(日) ＿＿＿＿＿＿＿＿＿＿＿＿ (夜) ＿＿＿＿＿＿＿＿＿＿

E-mail：＿＿＿＿＿＿＿＿＿＿＿＿＿＿＿＿＿＿＿＿＿＿＿＿＿＿